OPEN是一種人本的寬厚。
OPEN是一種自由的開闊。
OPEN是一種平等的容納。

OPEN 2/58

西塞羅文錄
Cato Maior De Senectute
et　　Laelius De Amicitia

作者◆馬庫斯‧圖利烏斯‧西塞羅（Marcus Tullius Cicero）
發行人◆王春申
副總編輯◆沈昭明
主編◆葉幗英
責任編輯◆王窈姿
封面設計◆吳郁婷
校對◆趙蓓芬

出版發行：臺灣商務印書館股份有限公司
10046 台北市中正區重慶南路一段三十七號
讀者服務專線：0800056196
郵撥：0000165-1
E-mail：ecptw@cptw.com.tw
網路書店網址：www.cptw.com.tw
網路書店臉書：facebook.com.tw/ecptwdoing
臉書：facebook.com.tw/ecptw
部落格：blog.yam.com/ecptw

局版北市業字第 993 號
初版一刷：1967 年 5 月
二版一刷：2014 年 7 月
定價：新台幣 280 元

ISBN 978-957-05-2937-1

OPEN   2 / 5 8

Cato Maior De Senectute
et   Laelius De Amicitia

西塞羅文錄

馬庫斯・圖利烏斯・西塞羅
Marcus Tullius Cicero ／著
梁實秋／譯
翁嘉聲 教授 導讀／修訂

臺灣商務印書館 發行

導讀　西塞羅，羅馬共和的靈魂

翁嘉聲（國立成功大學歷史學系教授）

西塞羅（Marcus Tullius Cicero, 106－43 BCE）有次在元老院演說，一位貴族打斷他，問他父親究竟是誰。西塞羅出身義大利城鎮，屬騎士階級，是力爭上游的新進政客。在羅馬這種重視鬥閥的政治環境中，他想必常被如此質疑，但他總能以無比機智及口才化險為夷，甚至轉守為攻。他回嘴說，就質疑他出身的人來說：「你的母親一定讓你更無法回答這樣的問題！」

這樣的問題凸顯西塞羅立場的長處與弱點。他沒有祖先家世，也非鉅富，沒有廣大隨從（clients），更不像家鄉前輩馬略，[1] 善於統兵打仗。但是他有智慧、口才以及強烈的動機，使他成為羅馬有史以來最傑出的演說家、律師及政治家。西塞羅留給我們極多的作品，包括沒打算給第三人看的私人書信；這些數量佔了從西元前八十年到四十年間現存羅馬史料至少一半以上。若沒西塞羅，我們真不知這段羅馬共和史最動盪不安、最有創造力、人物輩出的時

1　　Gaius Marius, 157－86 BCE。以下年代除近代外，皆為西元前。

代會是什麼樣子；但如果我們只有西塞羅，那這段歷史會成為他的自傳。一些史學家提及晚期羅馬共和（133–27 BCE）後期為「西塞羅時代」，這可以理解，因為他深深影響我們對這時代的看法。西塞羅私人的書信更提供許多遠超過公共層面的剖析。大概在古代史中，我們很難找到任何人對自己處境及矛盾有更深刻及坦率的告白。

本文是提供《論老年》和《論友誼》的背景介紹。在介紹西塞羅之前，有必要先交代在他之前的羅馬政治發展；成年後，他剛開始只是旁觀者，但從七十八年起的「後蘇拉」時代，他開始從事法律以及政治志業，逐漸成為塑造時代的力量之一，所以這裡先對七十八年之前的羅馬政治做個簡單介紹。

美好的共和

西塞羅在《論老年》、《論友誼》以及其它作品裡，都提及他自己所處時代是個動盪不安的失樂園，而這關鍵是大格拉克斯[2]在一三三年擔任護民官時，進行英國學者賽

2　Tiberius Sempronius Gracchus，163–133 BCE。這裡以「大格拉克斯」稱之，因為其父也是相同名字，故以「老格拉克斯」稱之；其弟 Gaius，亦任護民官，以「小格拉克斯」稱之。

姆（Ronald Syme）所謂的「羅馬革命」。在「羅馬革命」前的兩個世紀，羅馬不斷擴張以及發展。它在二八○年至二七五年間擊退進犯的希臘國王皮魯斯，[3] 統一義大利半島；建立「義大利聯盟」，將所有被羅馬征服的國家轉化為對外擴張的盟友，使羅馬比當時任何地中海國家有更多的人力及物力資源進行擴張。在內部政治上，它也成功地完成初步整合，將平民（plebian）及世家（patrician）貴族的優秀人物組合成「新貴族」，而這群人正是引導羅馬成功擴張的靈魂人物，建立羅馬元老階級統治所必須擁有的威望及影響（auctoritas）。

羅馬在二六四年至二四一年第一次迦太基戰爭中擊敗迦太基，陸續佔領西西里等海外行省。在二一八年至二○一年第二次迦太基戰爭歷經千辛萬苦，將入侵的漢尼拔逐回北非，攻佔西班牙，統一西地中海。《論老年》中提及的一些角色，如以堅壁清野，避免接戰，來消耗漢尼拔的「延遲者」費比亞斯；[4] 接著「非洲征服者」大斯奇皮歐繼

3　Pyrrhus of Epirus, 319−272 BCE。
4　Quintus Fabius Maximus Cunctator，約 280−203 BCE。

承父志征服西班牙後，[5]進軍迦太基本土，在查馬（Zama）擊敗漢尼拔，結束戰爭。《論老年》的主要談話者，政治上的「新人」（*novus homo*）老卡圖[6]便是在迦太基戰爭之

5　Publius Cornelius Scipio Africanus Maior，236−183 BCE。以下以「大斯奇皮歐」稱之。「大斯奇皮歐」的父親亦取同名，筆者常以「老斯奇皮歐」分別之。他的養孫子，亦是同名，因為是從 Aemilii 氏族過繼來的，所以在名字最後面加上 Aemilianus，成為 Publius Cornelius Scipio Africanus Aemilianus。兩人都曾打敗迦太基，所以都有「非洲征服者」的別號，所以又加上 maior（大）及 minor（小）區別。
　　老斯奇皮歐和自己兄長 Gnaeus 在第二次迦太基戰爭（亦稱「漢尼拔戰爭」）爆發時，因為攔截漢尼拔失敗，決定轉赴西班牙，切斷迦太基的補給路線。後來雙雙戰歿。在無人願前往西班牙戰場時，年二十五歲的大斯奇皮歐，自告奮勇，在二一一年至二〇六年之間平定西班牙。這時候他的主要助手便是老 Gaius Laelius，他的海軍司令以及與羅馬元老院的聯絡官。大斯奇皮歐之後回到羅馬，受到民眾熱烈歡迎，但是卻被元老同儕杯葛，拒絕給他「勝利遊行」（triumph），因為他的功勞太大，而且並非以正常管道取得指揮權。在三十一歲時，他又破格擔任二〇五年執政官。他堅持主張進攻迦太基本土，這與當時由「延遲者」費比亞斯主導的保守戰略，大相逕庭，所以除了被流放到西西里的二一六年坎奈戰役敗軍外，他只被允許招募自願軍前往。但經過嚴格訓練後，很順利地擊敗漢尼拔。

6　Marcus Porcius Cato Maior，234−149 BCE。元老院裡，家族中第一位擔任過擁有指揮權（imperium，包括執政官及副執政）官職的人稱為

中初試啼聲；二〇五年至二〇四年他在西西里島擔任大斯奇皮歐的財務官（quaestor），指控大斯奇皮歐討好士兵，紀律鬆弛，財務控管不佳，這些都被證明是不實指控。老卡圖之後仍仕途順遂：一九九年成為市政官（aedile）、一九八年成為副執政（praetor），而在一九五年成為執政官（consul）。他也在副執政之後外放西班牙擔任總督，贏得「勝利遊行」（triumph）的榮耀。他在一八四年擔任五年選舉一次的監察官（censor），負責監察糾舉以及工程發包等任務，更是難得的榮耀。

在統一西地中海，羅馬開始往東擴張，分別在二〇〇年至一九七年由年輕、破格擔任執政官的弗拉閔尼諾斯 [7] 擊敗馬其頓王國的菲利普五世。接著羅馬反擊敘利亞國王安提奧克斯大帝 [8] 出兵干預希臘，在希臘中部的溫泉關（Thermo-

---

新人。老卡圖因為曾當過監察官，所以又稱為「監察官卡圖」。他有位同名的曾孫，被稱為「小卡圖」；又因為小卡圖最後在被凱撒擊敗後，於他防守的北非猶提卡（Utica）自殺，避免被凱撒「寬恕」，所以也常稱之為「猶提卡的卡圖」（Cato Uticensis）。他是晚期共和主義的要角。

7　Titus Quinctius Flamininus，約 229－約 174 BCE。

8　Antiochus III the Great，約 241－187 BCE，在位 222－187 BCE。

pylae）擊敗國王；那時擔任過執政官的老卡圖在軍中擔任百夫長，參加戰役。隨後大斯奇皮歐輔佐其弟，在小亞細亞擊敗安提奧克斯，整個地中海落入羅馬勢力範圍。數十年後，羅馬擔心勵精圖治的馬其頓國王波修斯[9]威脅其在東地中海的影響力，發動第三次馬其頓戰爭（171–167 BCE），最後由保路斯[10]贏得戰爭，消滅希臘東方唯一僅存會威脅羅馬勢力的政治體。在這次的戰爭之中，因為劫掠的財富如此之多，羅馬公民不再繳納直接稅；支持馬其頓的艾匹洛斯地區（Epirus）的人口被如此大量販賣為奴，使得這地方在古代始終都是人煙稀少之地。敘利亞王國戰敗後，本身不久即陷入內戰，不斷分裂，在六十四年被龐培重整東方時，消失無蹤。埃及在同時期也一直陷入王朝紛爭；王位爭奪者競相以極高代價，援引羅馬勢力介入，成為羅馬政客詐財的對象。

　　在這段無往不利的擴張期間，是由歷經數百年融合而成的「新貴族」來主導。中期羅馬共和（264–133 BCE）是元老院的黃金時代。國家要職在少數幾個豪強世族之間流轉，所以毫無背景的老卡圖能以「新人」之姿歷經各要

9　　Perseus，約 212–166 BCE，在位 179–166 BCE。

10　　Lucius Aemilius Paulus，約 229–160 BCE。

職，甚至在官宦生涯顛峰擔任監察官，實在難得。除了才氣能力外，他還是必須獲得世家貴族的青睞與提攜。另方面，羅馬並無複雜的官僚體系，所以在行省治理，例如稅收，必須將擴張後所出現的複雜行政事務，轉包給新崛起的騎士階級；這些人常出身義大利地方菁英，如西塞羅祖先，不從事政治，但也透過金錢來間接影響局勢。元老及騎士這兩個階級井水不犯河水，各自發揮，合作無間。

海外征服帶來的巨大財富多由這兩個階級分享。他們投資土地，並以因戰爭所帶來的大量奴隸來耕種，形成叫做latifundia的龐大莊園。這些莊園有許多是用來放牧以及栽種能換取現金的大宗物品，這對羅馬傳統自給自足的小農制經濟帶來極大衝擊。因為羅馬在這段時期仍然採取民兵制，限定有一定財產資格的公民才可以服役；自給自足的傳統小農無法承受海外長期戰爭所帶來的脫序，常在回家之後，面臨家園被佔據，妻離子散，流離失所，最後流落到羅馬，使羅馬城人口迅速暴增；帝國擴張所帶來的財富滴水效果，無法彌補這群真正征服整個世界的羅馬人。他們迅速淪為貧無立錐之地的「普羅階級」，[11] 在政治上

11　*Proletarii*，因為他們除了「子嗣」外（*proles*），再也無法貢獻；或是稱為 *capite censi*，在財產調查時，只有「人頭」可以數。

開始變得激進，這是護民官在政治上崛起的重要因素之一；這些普羅群眾自認是羅馬所征服世界的主人，有權要求免費食物供應；若有任何缺糧情形，羅馬立即陷入動亂，所以糧食是當時最大的國安問題之一。西塞羅第一份官職即是從西西里調度糧食供應羅馬。

義大利盟友（*socii*）分配到的利益則又更少，但在二世紀時必須負擔幾乎是羅馬總兵力中的三分之二，所以無產階級化的情形更為嚴重，最後羅馬城也是他們流浪的目標。這些矛盾顯示在羅馬戰力下滑，這在二世紀下半葉消滅迦太基（146 BCE）及征服西班牙努曼提亞（Numantia, 133 BCE）中充分暴露出來。這些最後都是由「非洲征服者」小斯奇皮歐 [12] 來收拾局面。更次等的行省居民同時被治理的外放總督以及騎士階級組織的法人包稅組織（*publicani*）聯手剝削。外放總督被認為要將詐取行省居民的財富分做三份：一份自己花用、另一份還清選舉債務，第三份則是被審判貪瀆時，用來賄賂法官及陪審團；騎士階級則是這些政客的「金主」，藉政治力來壓榨行省居民，例如出借難以想像的高利貸來讓他們繳稅。元老階級及騎士

12　Publius Cornelius Scipio Africanus Minor Aemilianus, 185−129 BCE。

階級是這海外擴張最大的受益者，而這兩個階級也是西塞羅所寄望來統治共和的「好人」（*boni*）。

　　羅馬平民、義大利盟友、行省居民以及甚至奴隸這些受壓迫的人，都將像未爆彈一一點燃爆炸：從一三三年起的格拉克斯改革、到九十年起義大利盟邦叛變的「同盟之戰」、旁特斯（Pontus）王國在八〇年代所發動的希臘人叛變以及屢次爆發的奴隸叛變，如著名的七〇年代的斯巴達克斯（Spartacus）叛變，甚至最後羅馬軍閥自己兵戎相見，進行內戰，摧毀了共和國。

　　除了這些社會經濟問題之外，還有文化的問題，這當然發生在上層階級中。雖然羅馬在很早時就與希臘文化接觸，特別是來自義大利南部所謂的「大希臘」（Magna Graecia）。在二一一年羅馬攻佔西西里的賽拉鳩斯（Syracuse），擄獲大量希臘藝術品，開始引起羅馬人的欣賞以及搜刮的風潮；「延遲者」費比亞斯在攻佔南義大利希臘大城塔倫屯（Tarentum）時，亦如法炮製，更進一步刺激羅馬人好奇；從此凡是攻佔希臘城市後，便又有一車車的藝術品運到羅馬。希臘俘虜安德羅尼克斯 **13** 翻譯荷馬及其

13　Lucius Livius Andronicus，約 280 或 260－約 200 BCE。

它作品成為拉丁文，促成羅馬文學的出現。在羅馬上層階級裡，希臘拉丁雙語逐漸流行，而功勳蓋世的大斯奇皮歐和弗拉閔尼諾斯都成為親希臘文化的代表人物，各有自己的小圈子；大斯奇皮歐的女兒考奈利雅（Cornelia），改革者格拉克斯兄弟的母親，被認為是當時最重要一個親希臘文化沙龍的贊助者。希臘以修辭學為主要內容的教育逐漸在羅馬出現。每次有希臘大師因出使或其它緣故而現身羅馬時，羅馬年輕人趨之若鶩。例如一五五年雅典派出斯多葛、亞里士多德及新學院三大學派掌門偕同出使羅馬，造成轟動。其中以懷疑主義著稱的新學院大師卡尼亞德斯 [14]發表演說，第一天先讚美正義的品德，在第二天則對之前所做的論證一一反駁，強調正義不過是約定俗成。這引起老卡圖的緊張，擔心他們「腐化」羅馬年輕人，連忙建議元老院儘早處理公事，送他們離去。

老卡圖想不通為什麼羅馬人要付鉅資給只會動不動就進行切除或燒灼的希臘醫生「屠夫」，甚至懷疑他們想毒死所有元老。在保守的羅馬菁英眼中，特別是如老卡圖這種人，東方希臘文化代表著巧言令色及道德敗壞；政治上

14　Carneades 214/3－129/8 BCE。

危險人物如大斯奇皮歐和弗拉閔尼諾斯便是親希臘文化。如果老卡圖有幸活到一三三年，他一定會指控考奈利雅圈子裡的希臘斯多葛哲學家誤導格拉克斯兄弟去進行「羅馬革命」！保守的人士始終無法理解羅馬人何以會去追求被他們擊敗之希臘人的文化？但是大致而言，這種保守的立場漸漸成為空谷足音。西塞羅在希臘遊學時，便能同時以雙語進行演說；他雖然傑出，但絕非少見。

共和？誰的共和？

親希臘文化立場絕不等於政治上對希臘人友善。這兩位親希臘文化的代表人物，當初都以破格的方式擔任軍事指揮官，在軍中極受士兵愛戴，最後完成不世偉業。一旦回到羅馬，他們年紀如此之輕、功業如此之大，所以都被視為如國王（rex）般的人物，企圖凌駕元老同儕之上，破壞羅馬共和共識政治的原則：權力由元老院菁英階級輪流共享，並以「榮耀進階」（cursus honorum）的升官規則來規範遊戲規則，嚴格規定各種職務的門檻年齡、資歷要求以及再次擔任執政官的間隔。這樣的遊戲規則對很多貴族元老子弟已經算是進爭激烈，「新人」出線的機會更是十分渺茫，而能夠位及執政官，幾乎是絕無僅有。老卡圖文武雙全，是最出名的一位；輾平北非朱古塔（Jugurtha）之

亂以及北方日耳曼人入侵的馬略又是一位，中間相隔將近九十年；馬略同鄉的西塞羅則幾乎是共和時代最後一位。所謂的羅馬共和於是乎就是這些人數極為有限的元老及其家屬之間輪流掌權的共和；能參與這其中鬥爭的權力，如憑藉出身及能力去爭取官職和軍事指揮權，以及因此而來的財富地位「榮耀」（*dignitas*），便是所謂的「共和國」的「自由」（*libertas*）。這當然是極少數人的「共和」與「自由」，而且被很自私地維護著：沒有人比老卡圖的同名曾孫小卡圖以及主導暗殺凱撒的布魯特斯在這方面更堅持這種狹隘的共和理想，但同時用高利貸來壓榨行省居民。這是極小一群人在壓榨整個地中海世界其他人的「共和」。

在這系統中，成就過大的人物會破壞政治生態平衡，常被其他「同儕」集體杯葛。老卡圖在這種共和政治鬥爭中扮演主導角色，以帳目不清起訴大斯奇皮歐，進而以行為不檢將弗拉閔尼諾斯親弟從元老院除名，來打擊當事人，使得這兩位年輕時光彩四射的政客無以為繼，最後抑鬱而終。老卡圖是當時保守元老院的中流砥柱，而且老當益壯，延續這股堅持羅馬傳統的保守精神。西塞羅在作品中提起這段共和時期最光榮的一段時間時，似乎刻意忽略掉這些雜音以及政治上的傾軋。西塞羅的共和是很理想化的共和。

但是老卡圖對西塞羅最崇拜的羅馬政治家小斯奇皮歐卻是極為友善，想必也樂見小斯奇皮歐在一四六年結束他生前所積極鼓吹的「迦太基必須被毀滅！」（*Carthago delenda est*）。小斯奇皮歐是《論友誼》中最常被提到的人，他是第三次馬其頓戰爭英雄保路斯第一次婚姻兩位兒子之一，過繼給大斯奇皮歐沒有子嗣的兒子，而另位兄長則過繼到大斯奇皮歐在漢尼拔戰爭的主要國內對手「延遲者」費比亞斯家族。這些複雜的關係透露出羅馬共和政治的魔法圈是如何糾結難分，階級利益一致，彼此間沒有永遠的敵人。小斯奇皮歐與「智者」小賴里烏斯 15 的深刻友誼，也似乎複製了他養祖父與老賴里烏斯 16 的關係。「智者」小賴里烏斯是《論友誼》一文的主要談話人。斯奇皮歐祖孫是實力派的政治主導人物，而賴里烏斯父子則是獻策及執行的雙手。大斯奇皮歐親希臘文化已經提及；小斯奇皮歐親希臘文化立場可由他與斯多葛哲學家潘乃提亞斯 17、劇作家特連斯 18 及史學家波利比烏斯 19 的交往，可見一

15　Gaius Laelius Sapiens, 188−129 BCE 之後。
16　Gaius Laelius，約 235−約 160 BCE。
17　Panaetius，約 185−109 BCE。
18　Terence，約 195−159 BCE。
19　Polybius，約 200−約 118 BCE。

斑;他保守傳統的政治立場受到老卡圖支持並極力提攜,後來成為抵擋大格拉克斯改革最力的人;他兩次平定在北非及西班牙的勁敵,功業在當時無與倫比。所有這些威望更被那同時結合斯奇皮歐(Scipiones)及艾米里亞斯(Aemilii)這兩個羅馬最古老、強大家族的血統家世所強化:他婚娶老格拉克斯 **20** 女兒,成為大小格拉克斯的姊夫。這種跨越不同政治勢力、無人可及的家世、貫通希臘羅馬文化,以及蓋世戰功,使他成為當時政治的最終仲裁者。西塞羅對這時代的人與事,都有機會從他的老師及前輩那裡與聞。西塞羅在擔任執政官時,面對從東方凱旋回歸的龐培,視之為再世的小斯奇皮歐,毛遂自薦自己是賴里烏斯:他認為功業彪炳的龐培可以成為當時羅馬政治的仲裁者,而他自己則是獻策的國師。但龐培的冷漠是西塞羅的唯一回報,不過西塞羅始終不放棄這種理念。無怪乎,這段讓他最心儀的時光,「羅馬革命」暴風雨前夕的寧靜時刻,成為他許多作品的時空背景。其中的與談人亦

20　Tiberius Sempronius Gracchus,約217–154 BCE。他的女兒Sempronia顯然不得小斯奇皮歐喜歡,再加上沒生育,所以這可能是段不愉快的婚姻。雖然羅馬的親屬血緣關係有時會影響「政策」,但這裡顯然沒有。

是當時代最為活躍的政治人物，他們不僅從事政治，也是關心文化的人。這種結合正是西塞羅對自己的期許。

羅馬革命

但是這種由一言九鼎政治家來主導的安穩舒適共和政體，卻在一三三年大格拉克斯以護民官身分進行改革，而迅速崩解。二八七年所通過的侯田西亞斯法（*lex Hortensia*），使得平民會議（*Concilium Plebis*）在憲政上已經成為主要的立法機構，而這是護民官的政治地盤。之前任何議案要成為法律，護民官都會徵詢並獲得「元老建議」（*senatus consultum*，*SC*），取得共識，才進行立法，所以兩者相安無事。

在大格拉克斯之前約一百年已經出現過類似改革人物，但有如曇花一現，並未撼動羅馬政體，更沒動搖元老院統治。但是大格拉克斯掌握到羅馬政體的一個基本矛盾：元老院的統治基本上是依賴這群元老階級在政治上的「道德權威」，以及他們的經濟及社會實力，不過這只是「共識」，但共識會隨著時代變遷以及元老階級在政治上表現而鞏固或弱化；它從來沒有明確的法源基礎，只是種「多數人的作法」或是「祖宗成法」（*mos maiorum*）。海外勝利固然鞏固他們的地位，但所導致的貧富懸殊及社會

脫序，甚至在戰場上失利，也開始動搖他們的統治；小斯奇皮歐在迦太基及努曼提亞的勝利，幾乎是少數能證明元老院仍擁有統治所需的「道德權威」。但是大格拉克斯無論是因為個人因素或是意識型態理由，在一三三年直接訴諸平民會議，強行通過土地法，授與無土地的公民公地，影響到佔用公地的元老貴族，造成他們損失。他宣布以包加曼王國遺贈給羅馬人民的財產，來做為分配公地的運作基金，因此干涉元老院最在乎的兩個領域：財政及外交。

　　但對羅馬元老還有一項更大的隱憂：這項法案會使年僅三十、資歷僅有最初階財務官的大格拉克斯，在一舉之間成為羅馬在政治上最大的保護主（patron），嚴重影響共和共識政治的運作。西塞羅的《論友誼》及其它資料對這現象，都逕以「國王」來看待格拉克斯，認為他的榮耀將會剝奪其他元老的機會，違背共和國以元老階級共識來統治國家的基礎。從這個時候開始，除了元老院以共識來治理羅馬這國家的傳統外，護民官可以藉控制平民會議的方式，來爭取權力。堅持元老共識政府的人稱為「貴族派」（*Optimates*, the best ones），而贊成以護民官來主導立法的人則是「群眾派」（*populares*）。如果羅馬人時常以 *SPQR*（*Senatus Populusque Romanus*，「羅馬元老院及人民」）來代表羅馬共和，那在一三三年之前是元老院獨大，之後則

是元老與人民逐漸分庭抗禮，但卻是使羅馬政治從此兩極化，越來越對立。最後在一三三年的改革中，元老貴族率眾以暴力流血方式殺害大格拉克斯及其支持者，顯示出事態的嚴重性。在一二九年反對改革的小斯奇皮歐也在辯論相關法案，回家後暴斃。這被懷疑是來自另一邊的報復。

大格拉克斯的親弟小格拉克斯 [21] 再接再厲，除了延續他兄長的土地改革，讓無產階級的公民再度成為共和國的戰士外，也將騎士階級引進審判元老的貪污法庭中，阻止元老審判同儕時的官官相護；他設法保障義大利盟友的權益，但這點反而被改革後的羅馬人民受益者所堅決反對。最後元老院通過類似戒嚴令（*senatus consultum ultimum*，*SCU*，「元老最終建議」），授權執政官以任何方式來維持秩序，鎮壓並殺害改革的支持者。格拉克斯改革是到目前為止羅馬政治發展中，類似運動中唯一流血的。

所以一三三年是「羅馬革命」的開始，一直要到屋大維在二十七年建立以共和外衣包裝獨裁帝制的「元首政治」（principate）才告終。一場革命，或是革去元老貴族統治的命，能延續如此之久，確實是件奇蹟。但是理解晚

21　Gaius Sempronius Gracchus, 154−121 BCE。

期共和歷史的人都會覺得從此一件事接著一件事，邏輯地且無可逆轉地展開，要到二十七年才塵埃落定。所以當格拉克斯兄弟打開潘朵拉政治的瓶子之後，真是除了希望，無法企求其它。身處晚期共和，見識內戰爆發的西塞羅自然能體會一三三年那關鍵時刻的意義。如果在《論友誼》中，格拉克斯兄弟像是鬼魂般地不斷出現，困擾與談的人，便是基於這樣的事實。

　　如果格拉克斯兄弟最後都死於非命，那是因為護民官儘管有人身神聖權（*sacrosanctity*），但實際上卻是手無寸鐵。在一一〇年前後，當元老院無能，羅馬及義大利盟友因人民無產階級化，無法再提供適當兵源，而讓南方努米底亞朱古達以及北方日耳曼民族動亂持續，那便提供騎士階級出身的馬略直接去招募無產階級公民成為士兵，進行軍事改革，組織職業軍隊，有效地結束戰爭。在戰爭結束後，馬略聯合護民官在平民會議通過土地法，安頓退役老兵。從此將軍成為軍隊效忠對象，這是羅馬軍閥的真正崛起。馬略在一〇七年至一〇〇年七年間，因為軍事需求，擔任六次執政官，這史無前例。另方面，護民官撒坦奈納斯 [22] 有軍閥加持，在政治上更為強大，在政策上更是激

22　Lucius Appuleius Saturninus (?–100 BCE)。

進，幾乎為所欲為。但是馬略結束戰爭，回到羅馬執政時，元老院貴族對這政治暴發戶全力杯葛，白眼相向，完全沒感激他為國家所做的貢獻。政治手段拙劣的馬略心灰意冷的退出政壇，四處旅行。當他八〇年再復出時，這股怨氣將化為殺戮。

蘇拉恢復共和

　　未爆彈一個接著一個爆開。在這些戰爭貢獻極大比例兵員的義大利盟友極力增取羅馬公民權，分享改革後所能享受的權益，但被拒絕，結果爆發「同盟戰爭」（*Bellum Socii*）。這是非常慘烈的戰爭，等於羅馬內戰，因為雙方曾是並兼作戰的同袍。馬略被徵召回來解救羅馬，與他在北非的助手蘇拉 [23] 分別負責這次戰爭的北方及南方戰場。西塞羅在八十八年時一度在蘇拉和龐培父親麾下服役，但為時甚短，或許是他成長經驗中最不愉快的一段時間。最後羅馬以軍事及政治手段解決同盟戰爭，開放給盟邦公民權，但元老院的短視徒然耗費許多財產及性命。

　　戰爭甫結束，小亞細亞的希臘人無法忍受羅馬人包稅

23　Lucius Cornelius Sulla，約 133−78 BCE。

商壓榨，在黑海的龐特斯國王密特里達特斯 **24** 鼓吹下暴動，半個東方陷入戰局，為期將近二十年。蘇拉與馬略在爭奪遠征東方的指揮權，甚至進軍羅馬，對政敵進行整肅以及抄家沒產，然後隨即東征多年。反對蘇拉的人在馬略從北非帶兵協助下，反向整肅清算，羅馬陷入腥風血雨。這時候西塞羅年二十出頭，住在羅馬，但似乎沒受影響，不過他一位演說老師在整肅中被殺害。

　　蘇拉在八十二年東方完成階段任務後，回國贏得一場短暫內戰，擔任獨裁官，整頓憲政，推翻一三三年以來的改革，恢復元老院統治。他再次進行更廣泛的政治整肅以及抄家沒產，規定被整肅者的後代不得從事政治活動；他通過法律，禁止擔任護民官者再度競選其它官職；他殺害將近兩千名騎士，沒收家產，來資遣老兵，並將騎士階級排除在法庭審判之外。其他追隨蘇拉的人趁機牟利，其中最著名者即「第一次三巨頭政治」（First Triumvirate）之一的克拉蘇 **25**，便是從抄家沒產中獲得極大利益，使它成為

24　Mithridates VI 134−63 BCE。

25　Marcus Licinius Crassus，約 115−53 BCE，時常會加上別號「富人」，*Dives*。

許多羅馬政客的背後金主，包括凱撒。[26] 西塞羅最早一件的訴訟，辯護羅斯啟亞斯，便是類似趁人之危、巧取豪奪的案例。另外，他加倍元老院人數到六百人，塞滿他的支持者。這是真正恐怖統治的時期：被整肅的人頭插在羅馬廣場；開會的元老可以聽聞到蘇拉黨羽在酷刑蘇拉個人最厭惡的、且頑強不屈的義大利同盟時，所發出的哀嚎。

　　儘管蘇拉想利用整肅及政改來恢復元老院統治，但武力是最終仲裁的秘密已經被昭然若揭，因為元老院無法僅憑其逐漸遞減的「道德權威」來進行統治。蘇拉後來主動退位，希望共和在他的安排下重新運作。凱撒批評這幼稚的決定是不懂政治ABC，因為蘇拉似乎忘了元老院是如何恢復的，也忘了自己正是豎立如何毀滅共和的最好示範。所以在他過世之後，一名蘇拉部將立即舉兵進攻羅馬，但被殲滅。但凱撒擔任獨裁官時，緊握權力，遭致共和貴族暗殺。只有更具智慧的奧古斯都設法在共和外衣以及獨裁事實之間求得平衡；他一方面是手握兵權的獨裁者，是所有政治紛爭的最終仲裁者，但另方面仍允許元老貴族繼續依照共和共識的政治遊戲規則，享受「自由」，追求不再

26　Gaius Julius Caesar, 100−44 BCE。

有實權的空洞「榮耀」，因此建立「元首政治」，獲得長治久安的「羅馬和平」。蘇拉所培養的手下，特別是與西塞羅同年的龐培[27] 以及已提及的富人克拉蘇，正是拆解其所恢復的元老統治體制的人，因此便不難理解。克拉蘇曾經說過在羅馬無法維持一個軍團的人不能被稱為富人，這似乎是金錢與暴力結合的最逼真寫照。「後蘇拉」時代便是蘇拉以血腥鎮壓所建立的元老院統治逐漸瓦解的過程。西塞羅對這曾被學者稱為「最後共和主義者」的蘇拉充滿混雜的情緒，一方面無法認同他的血腥手段，但卻也不能否認蘇拉所安排的政體，至少讓「羅馬革命」所導致的混亂時代，暫時恢復秩序，儘管這只是表象以及暫時而已。

西塞羅始終相信這偉大的元老統治的共和傳統，但願意隨時代進行修正，將「好人」（Boni）的範圍擴大，納入騎士階級，強調這兩階級的和諧，是共和政治的基礎。但他所寄望的龐培卻一直都是在違背這種體制下一路崛起：他在家鄉皮先儂（Picenum）組織私人軍隊，隨即在蘇拉的內戰中出人頭地，東征西討，成為「少年屠夫」，甚至在他還不是元老時，便強求蘇拉給他「勝利遊行」的榮

27　Gnaeus Pompeius Magnus, 106－48 BCE。

耀；他在沒有任何從政資歷，且年齡不足下，在七十年與克拉蘇聯手以重兵威脅元老院，一起擔任執政官；當時他完全不熟悉元老議事過程，必須要求博學的伐洛 [28] 替他寫份手冊協助。但他仍被西塞羅看成共和國的最終仲裁，新的小斯奇皮歐，而他自己是再世的「智者」賴里烏斯，是龐培的軍師、導師及顧問。西塞羅的憲政理想是一三三年之前那暴風雨來臨之前的型態，但這在「後蘇拉」時代是個極為脆弱的理想。西塞羅之所以偉大是以他的才氣、堅持以及適時的彈性，讓這理想持續如此之久，直到他對凱撒獨裁徹底失望為止，沉潛了一陣子。但凡是他在政治失意的時刻，便是他在創作上最豐富的時期。西塞羅從未讓他人生的任何時刻留下空白。更在人生最後一年面對馬克・安東尼時，將這憲政理想表達地淋漓盡致，最後以身殉道。

西塞羅其人其事

　　西塞羅便是在上述的歷史環境中成長。他的家鄉阿爾皮諾姆（Arpinum）在一八八年獲得羅馬公民權，而且之後

28　Marcus Terentius Varro, 116−27 BCE。

出產一位羅馬有史以來最傑出的將軍、但也是最拙劣的政客：擔任過七次執政官的馬略。西塞羅透過自己祖母與馬略有遠親關係。西塞羅家族和羅馬一些貴族維持良好關係，使他有機會與當時幾位最傑出的演說家[29]以及法學家[30]學習演說及法律；這些傑出老師及政治家為自小即顯露天分的西塞羅奠定公共生涯的基礎。他在求學時間，認識大他三歲的終身好友阿蒂克斯。[31] 西塞羅不像一般傳統有意於仕途的青年人，鎮日出沒在市民廣場（forum）上，想必與當時蘇拉的恐怖統治有關。他沒沒無名，也不算有錢，所以並非蘇拉恐怖統治感興趣的對象。在八十一年時，他在法庭初試啼聲；在八十年時，更為一位受到指控弒父的羅斯啟亞斯[32] 辯護，而對手有蘇拉寵幸的人在撐腰；官司所貪圖的是被告父親的龐大家產。西塞羅在朋友說服下為羅斯啟亞斯辯護。

羅斯啟亞斯獲判無罪讓西塞羅聲名大噪，並且在辯護

29　如 L. Licinius Crassus 及 M. Anthony。

30　如 Mucius Scaevola Augur 及姪子 Mucius Scaevola Pontifex。

31　Titus Pomponius Atticus, 109−32 BCE。

32　Roscius of Amerina.

詞中強調蘇拉對此絕不知情，但他仍以身體不佳為由，離開羅馬，到雅典及羅德島養病求學兩年。這可能不是全部的理由，因為我們不能排除他要躲避得罪蘇拉的風險，但他確實因為演說老師 [33] 的指導學會如何以更有效但又不傷身的方式來進行辯論，這為他幾乎長達四十年的律師及政客生涯奠定基礎。西塞羅在雅典幾乎與主要學派的領導者都接觸過，例如當時柏拉圖學院的掌門安提奧克斯。[34] 安提奧克斯強調博採眾家之長的哲學「折衷主義」（eclecticism），特別是融合柏拉圖哲學及斯多葛主義，但變得有些教條。西塞羅也曾就業於伊比鳩魯學派，但除了不滿這哲學以快樂為人生唯一目標的消極見解外，更無法接受這哲學鼓勵人要脫離社會及政治，退回到周圍少數理念相同的小團體裡，以求希臘化時代哲學裡最常追求的目標：

33　Aollonius Molon of Rhodes.

34　Antiochus of Ascalon，約 125－約 68 BCE。
　　他認為柏拉圖在一些懷疑主義的「新學院」（New Academy）哲學家（特別是前任學院掌門費羅）帶領下，已經偏離原來柏拉圖哲學的方向，所以要回歸到「舊學院」（Old Academy），但他這種復原其實引進相當成分的斯多葛哲學，而且相對地教條化。但這種博取眾家之長的作法，影響到西塞羅。

「不受困擾」（*ataraxia*）或是更積極的「寧靜」。但他的摯友阿蒂克斯即是伊比鳩魯學說的信徒，選擇遠離政壇，移居雅典，甚至得到「雅典人」（Atticus）的別號。

西塞羅在前來雅典前，曾在羅馬聆聽過柏拉圖學院前任掌門費羅[35]的講學，講授「新學院」的懷疑主義。西塞羅時常被稱為折衷主義以及懷疑主義的信徒。前者或許受到安提奧克斯影響，但後者則來自費羅。他在許多作品裡採用新學院常用的討論方式，對任何立場陳述出贊成與反對的理由。這好處有：

❶ 可以將不同哲學立場加以表明，展現西塞羅的博學；

❷ 提供評估各立場的優劣；

❸ 這種比較可提供機會去選擇最可能的立場；

❹ 這種方法適合身為律師以及演說家的西塞羅。

希臘化時代懷疑哲學原來所具有的道德目的，是希望藉著知識論上的不確定，無法決定種種可能性孰優孰劣，來「擱置判斷」（*epoche*, suspension of judgment），避免妄下論斷，有所執著，以求心靈寧靜，因為困擾來自於執著及偏見。但這在西塞羅手中卻是在已知立場中去發現最有

35　Philo of Larissa, 154–84 BCE。

可能的。他所討論的問題經常已經被其他哲學家探索過，而他自己的答案常是已經全部或是部分由其他人說出。他曾解釋自己何以下筆神速：因為他腦海已經熟知種種希臘哲學的立場，這些只需透過他對拉丁語言的掌握來做陳述，而多人參加的對話錄，正提供一種極為適當的文類（genre），方便表達各種立場。從這點我們可以解釋，西塞羅那種溫和的懷疑主義立場不是基於知識論上的困難，而是因為他所討論及援引的哲學家中有不一樣的看法。這點雖然會困擾西塞羅，但在這些哲學家們之間的共識卻也是知識的來源，因為這種前人的共識可以用來做為可能性的判準。我們所要追求的不是絕對真理，而是那最靠近真理的。他說：

「人們時常對我提出反對，而哲學家和學者也常如此，問我是否認為我在行為上前後一致：雖然我們的學派認為沒有可以確知的東西，但他們卻主張說我習慣針對所有類型議題提出我的意見，而且就在此刻設法陳述應為之責任的規則。但我希望他們對我的立場有適當理解。我們新學院的人不是任由心智在不確定中漫遊的人，不知要採取何種原則。因為若是去除所有思考或甚至生活的規則，那會是哪種心智的習慣，甚至哪種生活呢？我們不然；而

是如其他學派所認為的有些東西是確定的，而其它則不確定，但我們有異於他們，我們會說一些東西是有可能的，其它則是不太可能。所以有什麼會阻止我去接受那我看起來有可能，而去拒絕看起來不太可能的，有什麼能不讓我去避開那教條主義所具有的傲慢，而且避開那可以盡可能將我們帶離真正智慧而做出斷言時的莽撞？」（*De Officiis* 2.2.7–8）

　　他從眾家學說採用種種可能的這種折衷主義，與他的懷疑主義因此互相影射。因為這點，所以西塞羅很像一般羅馬人，不會聲稱自己是原創的哲學家。這種結合懷疑主義與折衷主義如果能算是哲學立場的話，那西塞羅的出發點不是理論哲學，而是將各家並陳，加以比較，認定某種說法較有可能，便加以採用，而這樣的決定是源自於文化及歷史。相反地，對他而言，哲學系統往往只帶來教條。因此西塞羅如果接受，例如說，神明存在或斯多葛學派對神明的說法，這是因為它比較具有說服性；若是有更好的說法出現，西塞羅不會排除接受新的說法。

　　在海外兩年後，他回到羅馬執業，這使他有機會建立社會關係，特別是元老貴族的人脈，對於想在羅馬官宦生涯的「榮耀進階」中步步高升的「新人」而言，這是絕對

必要。據說他設法記得他所曾見面過的人，也對何人居住何處、擁有何處產業瞭若指掌。他廣結善緣，所以在進行訴訟時，多站在辯護一方，而非起訴。在七十五年他獲選財務官，分派到西西里島負責穩定供應羅馬糧食，也讓他成為當地希臘人的保護主。當卸任回到義大利，自認盡心盡力的西塞羅卻發現沒人知道他在做什麼。這帶給他一種想法：離開羅馬便是離開政治。所以他在後來五十八年自願流亡以及五十一年外放基里基亞（Cilicia）省擔任總督時，都是他最不甘心及低潮的時候。

　　根據蘇拉的法律，財務官資歷使西塞羅進入元老院。在七十年他獲選市政官，這是討好羅馬人民的機會，而他與西西里這穀倉的關係，讓他有極佳競爭的利基。但就在上任前，他接受西西里人委託，在反貪法庭對腐敗的前任西西里總督費瑞斯[36]起訴，儘管費瑞斯那邊有強大貴族干預審判進行，特別是他聘用當時首席大律師及執政官當選人侯田西亞斯[37]來辯護，西塞羅還是以詳細調查的證據讓費瑞斯在開完第一次庭之後，便放棄審判，自願流放。從

36　Gaius Verres，約 120−43 BCE。

37　Quintus Hortensius Hortalus, 114−50 BCE。

此西塞羅成為羅馬最紅的律師。但西塞羅儘管站在不同立場，並未因為這次官司而引起貴族的敵視；相反地，他的訴訟才能令貴族驚豔。在不久之後，他便與富有且出身高貴的特蓮提雅（Terentia）結婚。他們育有一女塔莉雅（Tullia）以及一位同名的兒子。他於六十六年獲選為副執政，負責反貪法庭的審判。到目前為止，再加上未來的執政官，西塞羅都是以最早的合法年紀[38]參選各級官員，而且都以最高票當選。這可能是一項羅馬共和的紀錄。

西塞羅在最初並無明顯黨派傾向，但在六十六年他發言支持曼尼里亞斯[39]的法案，將遠征龐特斯王國的指揮權，從蘇拉最堅定的支持者及元老貴族中流砥柱魯克路斯[40]手中，轉移到迅速平定地中海肆虐的海盜、手上仍握極大兵權的龐培。這種橫跨多年、涵蓋多地的特殊權力，似乎越來越平常，是傳統元老貴族最不想看到的事。西塞羅之所以支持龐培，或許是因為希望能有重量級政客協助他爭取執政官一職，成為九十四年以來的第二位「新人」；西

38　這是 in suo anno，「屬於他的那年」。

39　Gaius Manilius，生卒年不詳，擔任六十六年護民官。

40　Lucius Licinius Lucullus, 118−56 BCE。

塞羅弟弟在為他籌劃執政官競選活動時，特別提到這點是如何重要。他也提出法案，這些法案受到一些群眾及他所出身的騎士階級歡迎，但他小心不讓這些法案得罪其他元老。西塞羅努力面面俱到，廣結善緣。

他競選六十三年執政官時，主要對手是平庸的安東尼[41]以及卡特林。[42] 這兩人都有爭議性，特別是蘇拉黨羽的卡特林，被控訴貪污，被認為個性火爆且想法極端。西塞羅在六十五年曾想為卡特林的貪瀆辯護，但遭到拒絕，或許是想與他聯手競爭執政官；卡特林之後被傳聞要殺害執政官，接管國家，雖沒行動，但也被取消競選資格。他競選六十四年執政官失利，負債累累。在競選六十三年執政官時，他突然以激進的群眾派立場競選，提出包括取消債務的政見。當最後選舉結果出來時，卡特林再度落選，因為對元老階級的人來說，騎士階級出身的「新人」西塞羅還是比較安全的人選，所以全力支持他。西塞羅的親弟[43] 曾留給我們很長的一封書信，是一份他調查投票動向以及如

41　Gaius Antonius, ?−42 BCE。
42　Lucius Sergius Catalina, 108−62 BCE。
43　Quintus Tullius Cicero, 102−43 BCE。

何爭取選票的小手冊，顯示西塞羅自己也有選戰策略，相當努力佈樁打點。[44] 但這次失敗更加激怒卡特林，使他決定採取極端的手段。

西塞羅的「階級和諧」

西塞羅當選後，反對由護民官魯勒斯[45] 提出的土地法，避免他在未來五年握有極大權力，這法案背後有克拉蘇及凱撒的支持。西塞羅這種立場算是對元老階級投桃報李。但他執政官最重要的事蹟，也是仕途最高潮及轉折點，便是平定「卡特林叛變」。

失意的卡特林決定在六十三年再度競選六十二年的執政官，但也有最壞的打算。他獲得數位羅馬領導人物的支持，在城內囤積武器，打算伺機放火奪權。他派人到羅馬北方的伊特拉里亞（Etruria）等地，充分利用社會矛盾，傳播革命思想，準備起義，承諾取消債務及解放奴隸。陰謀者後來甚至接觸高盧人的部落，但後者立即回報羅馬當局，並協助取得定罪證據。西塞羅也已經事先提高警覺，因為陰謀者被自己的情婦出賣。西塞羅在元老院發表針對

44　這是 *Commentariolum Petitionis* (Booklet on Electioneering) 或稱為 *De petitione consulatus* (On Running for Consulship)。

45　P. Servilius Rullus.

卡特林的演說，譴責他的意圖，要他回應有關叛逆的言論。卡特林說這國家有兩個身體，其中一個氣虛，頭部衰弱（指元老院和西塞羅），而另個身體（指人民）卻是強壯，但沒有頭；他宣布將成為這個頭，領導人民來對抗壓迫。

西塞羅則是堅信共和國必須依賴「所有好人的和諧」（*concordia omnium bonorum*），或是說，元老及騎士、有權及有錢，有威望及才能的「階級和諧」。他呼籲所有「好人」團結一致，元老階級及騎士「階級和諧」，共同對抗叛亂份子，以求得最高的政治理想：尊貴的寧靜（*otium cum dignitate*）。競選那天，西塞羅主持選舉，故意露出在官袍下的胸甲，暗示他已有防備。當卡特林再度落選後，決定孤注一擲，加入在伊特拉里亞蓄勢待發的叛軍，頒贈給自己執政官的印綬，因為這是他身為貴族，天生所被賦予的權力，但卻是被不正義地剝奪，特別是「新人」西塞羅。他的軍隊絕大多數都是不滿的蘇拉舊部。他們奮戰失敗，企圖撤退到高盧，但被另支羅馬軍隊擊敗，卡特林戰死。

留在羅馬城內的共謀者在之前已被逮捕，所以縱火破壞等事並未發生。元老院激烈辯論這些人的命運。最初是一面倒的贊成處決，但凱撒堅持囚禁，因為認為未經審

判，絕不能處死任何羅馬公民；這演說使得意見轉向；最後在小卡圖的發言後，元老院又同意無須法庭審判，逕行處決。西塞羅同意執行的理由是這些人在宣布謀反時，已經成為羅馬公敵（hostes），不再享有最後上訴公民大會的權力（provocatio），這羅馬公民的基本人權。西塞羅這種認知在當時驚恐的氛圍中被大多數人接受，而且因為平定這次政治及社會革命，受到夾道歡迎，元老院甚至有重量級人物帶頭敬稱他為「祖國之父」（pater patriae）的榮銜。這是他從政最光輝的一刻、人生的顛峰。但是當光暈逐漸退去，氣氛冷卻後，對這違法的權宜之計，便會出現不同理解，結果造成他後來被放逐。西塞羅始終堅信，「假如」（這他絕不承認，因為這是元老院的SCU）違法，這也是為了拯救共和國。西塞羅在這事件上無疑表現勇敢果決，但有人懷疑他是否在刻意運作局勢，逼使危機到臨，讓卡特林及其黨羽別無選擇。另外，眾人對他的讚美似乎讓他暈了頭。他很容易感受到別人美意，也不厭其煩地提醒人他的成就，幾乎到令人厭煩的程度。他除了書寫相關歷史及寫下一篇長詩來歌頌自己外，甚至也邀請其他人，如博學的斯多葛哲學家波希東尼亞斯，[46] 書寫這主題。

46　Posidonius of Apamea, 135−51。

但從這事件開始，西塞羅對政治脈動以及時機掌握開始出現問題。他寫信向即將從海外滿載戰功返國的龐培，陳述自己的貢獻，似乎完全不知龐培可能會不滿西塞羅剝奪他拯救共和國的機會，甚至和他比較尊貴榮耀（*dignitas*）孰高孰低。西塞羅收到龐培的回應，想必十分受傷，但仍鍥而不捨：

　　「雖然您給我的私人書信，裡邊透露出您似乎不以為然，然而我可以向您保證，您的書信帶給我快樂：因為沒有任何事會比我意識到我為自己朋友效勞時，更常能帶給我更大的喜悅。假如在任何狀況之下，我沒有見到合宜的回應，我對這種我付出較多的恩惠來往，我一點都不會惋惜。即使我為您表現出的極大熱心，結果並沒將我和您連結一起，但關於此點我仍毫無疑問：國家的利益將必然在我們之間造成一種彼此的契合以及合作。然而為了要讓您知道我在您信中沒發現到的東西，我將會以我的個性及我們共同友誼所要求的坦白來寫出。為了我們之間的關係以及為了國家，我的確期待在您書信中見到您恭賀我的成就。我假設這是因為出自於害怕傷害到任何人的感受，因此被您省略。且讓我告訴您，我為拯救國家而所作的及所為的，已經獲得全世界的論斷及見證而被肯定。」（*Ad Familares* V.7）

西塞羅最後一句話像是在對龐培示威。龐培當然會冷淡以對，而且一直冷淡，雖然偶而會有歉疚感，而略施小惠。可是西塞羅不知何以卻一直將他視為新的小斯奇皮歐，是他那時代共和政治的忠誠仲裁者，因為龐培的政治紀錄無法帶給任何共和主義者真正的信心。這恐怕不是好的政治判斷。龐培雖然從很年輕時，便一直成就各種政治事業，但很奇怪地，這些都好像無法轉化為政治上的「威望」，只讓人擔心恐懼；龐培是一位讓人多所期望的人物，但未曾在政治上留下明顯的痕跡。龐培顯然是位被西塞羅以及一些學者過份高估的政客。

西塞羅的放逐

西塞羅的麻煩即將開始。西塞羅對自己誇大的評價使他與強大的克羅底亞斯（Claudii）家族發生衝突。一名克羅底亞斯 [47] 被指控在一個只有女性能出現的「美好女神」（*Bona Dea*）祭典中，扮成女性，打算和凱撒妻子幽會，但被當場捉到，隨後被控宗教褻瀆。雖然沒有合姦情事發生，但凱撒立即和妻子離婚，因為身為「大祭司」，凱撒

47　Publius Claudius Pulcher, 93－52 BCE。

妻子的貞潔不容質疑。在審判時，克羅底亞斯不在場證明被西塞羅戳破，但卻囂張地賄賂陪審團，獲判無罪。主審法官諷刺地問陪審團員是否需要保鏢，護送他們鉅額的賄賂回家。克羅底亞斯將報復西塞羅。

久違的龐培六十二年從東方的遠征回到羅馬。他讓大家鬆了一口氣。非但沒像當初蘇拉回國後進行政治整肅，他反而解散軍隊，以私人身分回到羅馬，要求元老院批准安頓老兵以及他對東方各地的治理安排。恢復信心的元老院，食髓知味，看待這善意讓步是龐培示弱，故意阻撓。另方面，克拉蘇騎士階級的朋友因為誤判局勢，在包稅上蒙受損失，希望修改合約，但元老院也一起拒絕。小卡圖是阻擋這兩人最力的元老。凱撒最後出面承諾這兩位關係不睦的大人物，他會完成他們各別的目的，只要他們願意支持他在五十九年出任執政官，並在卸任後為他取得適合的軍事指揮權。「第一次三巨頭政治」於焉形成。這是密約，所有的運作都是秘密，需要極佳政治洞察力來掌握這集團的存在。西塞羅渾然不知，誤判局勢，斷然拒絕與他們協商或合作。

凱撒以大祭司身分改變克羅底亞斯的世家（patrician）貴族身分，改名為「克婁底亞斯」（Clodius），使他得以擔任平民護民官。克婁底亞斯在五十八年通過一連

串激進的群眾派政策，也以西塞羅未經審判處死羅馬公民，準備通過議案，放逐西塞羅。西塞羅先行逃走，但克婁底亞斯仍有模有樣地通過議案，並帶人拆毀他在羅馬廣場附近貸款買的房舍，獻給神明，無法重建。就西塞羅而言，放逐離開羅馬等於切斷他的政治氧氣，所以在希臘流亡期間，雖有朋友照顧，但信件流露出他的無力及鬱卒；離開羅馬便離開政治，西塞羅發現人生索然無味。凱撒外放高盧，進行他著名的征戰；他一方面派政治代理人維持他在羅馬的利益，一方面定期送回他的「高盧戰記」，提醒羅馬人他仍轟轟烈烈地存在。西塞羅似乎是政治孤島，除了訴苦的朋友外，[48] 一旦脫離羅馬，他的政治可見度立即消失。只有在這些無聊的時候，文學或哲學才成為度過低潮的替代品。所以他拚命

48　這些真正的朋友，如 Marcus Caecilius Rufus（82−48 BCE 之後）及阿蒂克斯，雖然會在西塞羅離開羅馬時，告知羅馬政治發展，但這些人都是和他一樣的出身，影響力常是間接而且有限的。例如西塞羅、阿蒂克斯與暗殺凱撒的主謀者布魯特斯之間最常見的共同話題，是外放總督的西塞羅，要如何在原則及現實的衝突之間，替布魯特斯討回他以高利貸（年利率 48%）放貸給行省居民的款項。西塞羅相當多言，而他的朋友常是極佳的傾聽者。

寫信給朋友。

　　克婁底亞斯逐漸脫離三巨頭控制。自己組織幫派，橫行議會及廣場，甚至攻擊龐培本人。龐培決定召回西塞羅，由護民官米羅 [49] 提議。雖然西塞羅將他的返國及返回政治描寫地好像羅馬人幡然悔悟，沿途夾道歡迎他，準備見他在政治舞台大展伸手。如果真是如此，龐培立即表示不允許他表現出任何政治獨立性，甚至強迫他在法庭上為厭惡的三巨頭爪牙進行辯護。在某種意義上，這次西塞羅是被龐培或政治三巨頭放逐在羅馬。

　　五十六年「第一次三巨頭政治」再度續約，但權力分配的協議已經廣為人知。續約後，局勢直轉急下：龐培愛妻尤利亞（Julia）過世，切斷與凱撒的關係，因為他拒絕凱撒從自己親戚中再找位新娘；克拉蘇父子在遠征帕提亞（Parthia）戰死；小克拉蘇留下的占卜官位置由西塞羅接任。羅馬因為選舉暴力及賄賂橫行，無法選出官員；對於這種政治幫派化的反制措施便是以毒攻毒，扶植相同角色米羅，形成敵對幫派，在街頭巷戰。最後他將克婁底亞斯殺死；但克婁底亞斯屍體在羅馬廣場火化時，卻將元老院

49　Titus Annius Milo.

一起燒掉；死掉的克妻底亞斯對共和仍然是種威脅。糧荒更使得羅馬局勢惡化，眾人不知如何是好。還有一個問題已經逐漸浮現檯面：在高盧的凱撒似乎虎視眈眈，究竟要如何處理他呢？

這段長達五年的混亂使得從流亡回到羅馬的西塞羅意興闌珊，逐漸淡出政治，避居在羅馬郊區別墅中。在五十五年到五十二年間，他寫作三個偉大對話錄作品《論演說》（*De Oratore*）、《論共和》（*De Republica*）及《論法律》（*De Legibus*）這些政治哲學作品。他寫作是要填補政治生涯的空窗期，利用寫作來壓抑他噪動的心靈。這些作品信誓旦旦，相信羅馬共和政體不僅不像柏拉圖個人腦中虛構出的理想國，而是歷代羅馬先賢，集體智慧及經驗，在歷史中累積的成果。現在共和雖然蒙塵，但只要恢復元老院合法統治，大家放棄私利，便能回歸到一三三年羅馬革命前的偉大景象。

龐培成為當時羅馬唯一能出面解決危機的人。他在五十二年被任命為唯一的執政官，受命恢復秩序，迅速解決除了凱撒之外的所有問題。這使得元老階級開始視龐培為羅馬共和的救世主，可以用來對付即將結束戰役的凱撒。或許此時的龐培再度激發西塞羅想像他正是小斯奇皮歐。龐培現在成為元老貴族的領袖，也與最恨凱撒的一位羅馬

元老女兒結婚，[50] 但支持他的人其實常認為這是因為他們別無選擇，所以龐培所領導的是一群離心離德、甚至瞧不起他的烏合之眾。龐培當時通過一道法律，迫使西塞羅接任小亞細亞東南偏遠的基里基亞省。離開羅馬對西塞羅而言，意謂一切都是空，但他仍是位正直盡心的總督，關心行省居民福祉，甚至在敘利亞山區擊敗一支小型的帕提亞軍隊，獲得羅馬人感恩祈禱，並賜給他沒機會也沒錢舉行的勝利遊行。但西塞羅還是不斷地提及這些事情，因為這正是羅馬人要的榮耀！*Dignitas*！當然在這種近乎放逐的時候，他也繼續拚命寫信。

內戰中的西塞羅

西塞羅回到羅馬時，立即遇見共和國最大危機：凱撒在四十九年發動內戰，攻打西塞羅最珍惜的共和國。凱撒和西塞羅是多年朋友，彼此肯定對方才氣。凱撒在五十九年曾提供他在高盧遠征的幕僚工作，以避開克婁底亞斯的騷擾。西塞羅後悔拒絕凱撒那次的美意。這次凱撒邀請他留在羅馬，擔任樣板人物以及僅餘少數元老的領袖。他還

50　Cornelia Metella，她的父親是 Caecilius Metellus Scipio (100−46 BCE)，前夫是在遠征帕提亞陣亡的小克拉蘇。

是婉拒，但之後又再度後悔。當時凱撒並沒為難他。西塞羅對共和政體的責任以及他對龐培的忠誠，最後還是使他加入共和派系那邊，但這樣的決定幾乎是西塞羅的「信仰之跳」，完全違背他寫給好友阿蒂克斯書信時，自己對局勢的評估：（〔方括弧〕中是另外加上的解釋；以下引文同）

　　「你說他〔指龐培〕會奪回政治主導？什麼時候呢？究竟採取了什麼措施會鼓勵你那種希望呢？皮先儂〔龐培故鄉〕已經淪陷。前往羅馬門戶洞開。所有公私財富都留在羅馬，已經交給了對方。簡言之，對那些希望共和國得到護衛的人來說，沒有口令、沒有骨幹、沒有集合點。選擇了阿普利亞〔Apulia，在義大利東南邊，靠近亞得里亞海〕，這義大利人煙最稀的地區，最遠離這次戰爭的核心戰場。看起來他在絕望中，海岸線所能提供的逃命機會是他唯一的考量。我不情願地接受在卡普阿〔Capua，坎帕尼亞地區最大城〕的指揮權，並非我想逃避如此責任，而是元老及騎士階級對這目的都沒熱忱，也沒公開表達過私人關懷；負責任的公民在某種程度上覺得自己已經投入，這的確是真的，但仍是那種常見到的不慍不火，沒有熱度，不太在乎。但是我感覺到，大多數人民以及當然所有最卑

下的人民，都傾向於另一邊，其中許多人很想要革命。我因此告訴龐培，若沒有駐軍、沒有金錢，我是不會承擔任何東西。所以我現在沒有任何責任，因為從一開始我便看到他唯一的企圖就是逃跑。……」（*Ad Atticum* VIII, 3, 4−5，Cales, Feb, 18th, 49）

西塞羅似乎驚覺到一三三年的羅馬革命不是奪權舉動而已，而是因為底層發出來的一股力量，而凱撒似乎是因為那力量應運而生。龐培的態度在這次內戰中所採取的態度是：不是朋友，便是敵人，這讓西塞羅迴旋的空間變得更小。當西塞羅渡海過去希臘時，看到的是盡是彼此指責，士氣消沉；他們怪他沒留在羅馬，觀察事態發展，或是做為聯絡。在另封信裡，他提及留在國內沒出走的貴族派卻又想將他推走。西塞羅有如此的朋友，那無須有任何敵人。

在另一封信中，他對龐培及其周圍的人有更嚴屬的批評。他提到共和派系或是貴族派（*Optimates*）的情形：

「除了秘密並且安全地前往亞得里亞海一趟外，我也已經做了所有安排：我無法在此刻這時節從西岸航行。我究竟要採取何條路徑去那我思緒所導向以及事件召喚我去的地方呢？因為我必須去，而且趕快去，以免我因為任何

局勢而受到阻礙或是耽擱。並非如你所想，是那大人物〔指龐培〕吸引我過去。我已經認識他夠久，知道他是最沒用的政治家，但我現在知道他是最沒用的將軍。不，不是他吸引我過去，而是人們所說的事情，如費洛提莫斯〔西塞羅用來傳信的僕人〕向我報告的。他聲稱說貴族派準備將我撕成碎片。啊神明！這什麼貴族派！看看他們如何跑去迎接凱撒，設法迎合討好他！但鄉鎮則看待凱撒宛如神明：這不是假裝，像他們當時在龐培生病時，為他進行禱告祈福。很明顯地任何這位派希斯特拉圖斯 51 避免去做的傷害，都將會為他贏得他禁止他人去做時一樣多的感恩。他們希望凱撒可以被安撫；但是他們認為龐培是在發怒。想像一下那些從城鎮蜂擁來迎接凱撒的群眾，想像他們獻給他的榮耀！你將會對我說：「他們害怕他」。他們

51　Peisistratus，雅典六世紀時的「僭主」（*tyrannus*），以違憲方式成為獨裁者，指凱撒。這種比喻其實很有弦外之音。派希斯特拉圖斯的「僭主」身分，相當於羅馬的「國王」或 rex，而凱撒被懷疑要成為「國王」。所以將凱撒與他相比算是恰當。但派希斯特拉圖斯統治時期，建樹甚多，相當受到雅典平民的支持，所以後來甚至以「黃金時代」（Age of Cronos 或是 *Regna Saturnalia*）來稱呼他的統治。西塞羅是否對凱撒也如此期望？在西塞羅其實常可見到這種矛盾。

無疑是的，但他們更遠遠恐懼龐培，這你要相信我。凱撒看似的寬恕讓他們喜悅，但他們害怕龐培真正的怨恨。那些三百六十名的陪審團員〔這些是由元老及騎士等所組成的，也就是支持西塞羅理想共和的人士〕，他們過去對我們的朋友〔指龐培〕特別滿意，但是因為我每天會見到其中這個或那個人，他們對龐培在魯切利亞（Luceria）做出的威脅簡直嚇壞了。所以我想知道這些「貴族派」是誰；他們自己留在家裡，卻將我踢出去。但是無論他們是誰，「我害怕特洛伊人」。然而我知道我懷著什麼樣的前景出發：我正在前往加入一個隨時更想毀滅義大利，而非贏得戰爭；而且我正等待一位暴君的主人。的確當我在四日寫信給你時，正是在等待來自布倫底西溫〔Brundisium，義大利東南方前往希臘的重要港口〕的一些消息。我所謂的「一些消息」所指為何？我是指龐培怯懦地從這裡逃跑，以及凱撒凱旋回歸的路徑及目的地。當我聽到這事時，假如凱撒從阿皮亞大道前來的話，我想前往阿爾皮諾姆。」

　　實在很難想像西塞羅何以會選擇加入龐培以及元老貴族，除了西塞羅因為好不容易才擠身這統治階級，所以對這勉強接納他的集團有種過度心理補償作用？正如老卡圖從新人一躍為共和元老貴族的台柱，替他們修理如「非洲

征服者」大斯奇皮歐這種破壞共和共識政府遊戲規則的人？如果真是，那只能讚嘆羅馬共和意識型態的魔力！

西塞羅這種天人交戰，透露在另個小故事。西塞羅的女兒塔莉雅婚嫁給多拉別拉（Cornelius Dolabella）——凱撒的人馬。龐培曾直接當面問西塞羅：「你的女婿在哪裡？」西塞羅沒被威脅到，立即回嘴說他「和你的岳父在一起！」。因為在第一次三巨頭時，龐培婚娶凱撒的女兒，成為他的女婿。這是指責龐培曾經做為三巨頭那種近乎獨裁者或國王的政治紀錄。簡言之，龐培和凱撒是一丘之貉。

西塞羅雖然不斷向這些所謂共和人士示好，但這些書信透露出，他自己強烈地意識到自己被如何看待；除了某些時刻外，他們（包括龐培）其實與他保持距離。大人物中真誠對待西塞羅的或許只有凱撒，但卻可惜政治理念相左，只好分道揚鑣，但西塞羅卻又不得不感到凱撒確實受到人民歡迎，而且將是內戰贏家。西塞羅自詡的「新學院」懷疑主義以及拒絕教條的彈性看法，好像在碰到這問題時便完全不濟事。

創造力的爆發

西塞羅並沒出現在四十八年最後決戰的希臘法撒勒斯

（Pharsalus）一地。西塞羅在龐培敗戰逃亡埃及後，拒絕領導殘部，這引起小卡圖不滿。他回到義大利，被安東尼羈留在布倫底西溫幾乎一年，但他很高興塔莉雅來迎接他。他最後和凱撒和解，回到羅馬。凱撒不像之前的蘇拉，他採取寬恕（clementia）政策來接納反對他的共和人士，甚至重用他們，包括後來一些暗殺他的人。這種寬恕政策絕非常見，使得西塞羅一度希望這帶來共和的復原；但寬恕是「帝王」品德，是種睥睨群雄的姿態。凱撒接受西塞羅求情，寬恕當初最反對凱撒、堅持從高盧召回他的人；他在得知西塞羅為文讚美以自殺來避免讓凱撒寬恕的小卡圖時，凱撒只是寫一篇《反卡圖》來表達他無法苟同。就這樣。

　　但凱撒其它措施令他對共和政體的未來趕到不安，例如任命只擔任一天的替補執政官，或是對元老的態度有些隨便。西塞羅屢次建言，但都被凱撒身旁的人擋住，加上凱撒東征西討，停留在羅馬時間甚短。西塞羅逐漸對凱撒失望，懷疑共和國末日是否指日可待。他與妻子特蓮提雅在冷戰數年後，於四十七年離婚，而自己最疼愛的女兒塔莉雅又在四十五年因為生產過世，對他都是很大的打擊，尤其是後者；他與他監護的少女結婚，可能是為了錢，但發現她對塔莉雅之死沒表達適當的哀傷，所以立即與她離

婚。親弟、女婿及同名的兒子都靠攏到凱撒那邊；他決定將兒子送到雅典求學時，卻發現兒子不甚好學，開銷又大。西塞羅灰心，無法有任何作為，只好淡出政壇，到鄉間別墅寫作，與鄰近的另一名政客文人伐洛交好來往，但在書信交往之間，仍然表達這段退避鄉間只是蟄伏，老驥伏櫪，志在千里，只待機會。現在他是以書寫來報效他敬愛的共和國。

　　他的創造力在這段期間完全爆發開來。他在四十六年寫作了兩部有關修辭學的作品《布魯特斯》（*Brutus*，有關修辭學歷史）及《演說家》（*Orator*，描述一位理想演說家會是如何）；他還以修辭學技巧寫作一部批評斯多葛理論的書《斯多葛學派的弔詭》（*Paradox Stoicorum*）；讚美小卡圖的文章也是在這年完成。在冬天時他開始計畫介紹希臘哲學，但在塔莉雅突然過世的打擊下，他為自己寫作一篇《安慰》（*Consolatio*）的作品。四十五年夏天他完成感化聖・奧古斯丁往哲學發展，最後皈依基督教的作品《侯田西亞斯》（*Hortensius*）；這似乎是模仿亞里士多德規勸人追求哲學的 *Protreptikos*。[52] 同年他寫作兩個對話錄

52　原意為「轉向」，所以有勸誡之意。

《克土勒斯》（*Catullus*）及《魯克路斯》（*Lucullus*），這兩部作品後來被改寫為《新學院之書》（*Academici Libri*）的一部份。同年還有《論善與惡之目的》（*De finibus bonorum et malorum*，討論至善為何）、《塔斯卡倫辯論》（*Tuscalanae disputationes*，論人類快樂的基本條件）、《論神明性質》（*De natura deorum*）、《論占卜》（*De divinatione*）。他在此時或許也翻譯部份有關宇宙論的對話錄《泰米亞斯》（*Timaeus*），這中古時期少數流傳下來的柏拉圖作品之一。在四十四年及四十三年之際，他寫作《老卡圖論老年》（*Cato maior de senectute*）。當他又回到政治舞台時，繼續寫作，在四十四年春他完成《論命運》（*De fato*），《主題學》（*Topica*，有關演說家的主題），《賴里烏斯論友誼》（*Laelius de amicitia*）以及最後的作品，寫給兒子的長信《論合宜的行為》（*De officiis*）。這期間他也寫作一些已經完全逸失的作品，如《論榮耀》（*De Gloria*）。《論老年》及《論友誼》都是在他最寂寞與失意時的作品，都是獻給他終身摯友阿蒂克斯，這非常適合兩人的年紀及關係。作品讀起來像是在他在黑暗蕭瑟之際中吹口哨壯膽、自我勉勵的作品。

西塞羅與馬提亞斯論友誼

　　當四十四年「解放者」在策劃暗殺凱撒的陰謀時，西塞羅並沒被告知，或許他們無法放心西塞羅和凱撒的私交。當三月十五日暗殺凱撒成功後，領導陰謀的布魯特斯 [53] 歡呼共和國萬歲，並高喊西塞羅的名字。而西塞羅在聽到凱撒死去的消息時，也幾近狂喜。他認為大家都該跟他一樣，對獨裁者之死感到高興，似乎忘掉凱撒也是他的好友，而且甚至包容過他們相異立場，堅決不讓政治影響他們兩人的友誼（*amicitia*）。但西塞羅卻在凱撒死亡之後，以政治來論斷凱撒以及自己其他的朋友。他們有一位同時深受雙方尊敬的富有騎士朋友，馬提亞斯。[54] 馬提亞斯當初反對凱撒發動內戰，也曾盡力阻止，但現在對他死亡哀痛逾常。西塞羅責怪馬提亞斯何以要贊助屋大維為紀念養父凱撒所舉行的競賽表演。這有些長的來往書信，值得引用，因為這雙方一來一往，各自表達出當政治立場與私人友誼發生衝突時，要採取何種立場。這來往的通信也可以和《論友誼》一文相互參考。

53　Marcus Iunius Brutus, 85－42 BCE。

54　Gaius Matius.

這來往信件讓我們見到凱撒一位高貴的朋友馬提亞斯，如何在混亂的時代仍然堅持一些價值的純粹。但西塞羅認為對朋友的忠誠與對共和國的效忠是無法並存的：

　　「西塞羅向馬提亞斯致敬：……

　　對聰明如您這樣的人，假如凱撒是位國王（他對我而言已經是），那對您態度的道德立場便會有兩種截然不同的觀點：這或是如我一般所抱持的，認為您的忠誠以及友善的感情顯示出您對一位朋友的敬重，即使是他的死亡其實值得所有人的稱頌，或者是另種觀點，這有些人所採取的，認為我們國家的自由應該勝過朋友的性命。」（*Ad familiares* II, 27, 羅馬，四十四年八月）

　　馬提亞斯，溫和但堅定地反擊，揭穿許多共和貴族的虛偽；而儘管他相信因為自己堅定的立場會遭受批評中傷，他仍堅持走自己認為正確的道路：

　　「馬提亞斯向西塞羅致敬。

　　……我知道在凱撒死去後，別人對我的指控。人們責怪我為一位親愛朋友的過世而悲悼，以及對我所敬愛之人的殞落表達義憤。他們說國家應優先於友誼，好像他們已經證明他的死亡是有利國家。我不會提出任何精巧的辯

解：我承認我還沒達到那種哲學的境界；我在政治爭議中並非凱撒的黨羽（雖然我不會拋棄朋友，無論我如何不贊同他所正進行的事）：我也不同意內戰的爆發或是這些爭執的動機，這些我其實在萌芽之初，都曾盡我所能來加以勸阻。當朋友勝出，我沒有受到官職或金錢的誘惑；其他人會以全無節制的貪婪去緊握住這些獎賞……。甚至我自己的財產在實際上還被凱撒所通過的法律所犧牲〔這涉及凱撒為了解除債務危機，所以對債權人的權益做出限制〕。但那些現在正在慶賀他死亡的人之中，大多數卻因為他的法律而得以維持在國家裡的地位〔指凱撒的寬恕以及重用當初支持龐培的共和貴族人士〕。那些被他〔指凱撒〕征服的我的同胞，應該盡量得到寬恕豁免，這對我而言就如我自己的安全一般重要。」

他特別不滿共和貴族所堅持的政治秩序是唯一的秩序，並且指出來他們是如何目空無人。他特別對「自由」這字被他們濫用，感到憤怒：

「所以我這希望所有人都不會受害的人，對賜予這恩惠的人已經殞命會不感到義憤填膺嗎？特別正是同樣這群人使他不受歡迎，也造成他的死亡？他們說，『你一定會因為譴責我們所作所為而感到痛苦。』這是何等曾所未聞

的傲慢！一個人竟可以在犯罪中感到光榮，另個人卻甚至都無法不受責罰地去哀悼！為何？即使奴隸都得以在無人指使下，自由放任地沈浸在恐懼、喜悅及憂愁的情緒之中：但是從你們那些『自由的提倡者』口中所說出的卻是要以恐怖主義方式將這自由從我們這裡奪去。但他們將會一切徒勞。沒有任何對危險的恐懼會剝奪我們的感恩以及我們的人性；因為我未曾想過要躲避有尊嚴的死亡，我經常甚至認為這是值得歡迎。但是何以要對我發出這憤怒，假如我唯一的心願是他們將會為自己所做感到後悔？我的盼望是整個世界都必將感到凱撒死亡的痛苦。啊，對了，身為一名忠誠的公民，我的職責是要盼望共和國的安全！很好，除非我過去的人生以及我對未來的期望在我無須言語之下，便能證明如此便是我最殷切的期望，那我就不會藉著發表長篇大論去證明這點。……

　　「我竟然要在我人生末年之際，去對我在春秋鼎盛之時所堅持的原則，做出斷然的改變……那我不會去做的。我也不會去做任何事去觸怒他人，除了我為我那朋友中最親愛的一位，且是眾人中最傑出者，他所蒙受到的無情命運，確實感到十分悲傷。即使我有其它想法，我也絕不會否認我自己的行為，因此博得在作惡時是名惡棍，但在遮

遮掩掩時，卻是位懦夫以及偽善者的名聲。

「啊，對了，但我承擔那由年輕凱撒〔指屋大維〕在追念那年長凱撒所得到之勝利時，舉行慶祝的表演！很好，這是件我自己為私人善盡的責任，與共和國政體無涉。無論如何，做為對一位對我十分親愛的人，即使他已經過世，這是件我必然會去執行的職責，來懷念他以及向他的功業致意，而且這也是件我對一位擁有如此光明前景、而且完全值得擁有他姓氏之年輕人〔指屋大維，凱撒養子〕在提出要求時，我有無法拒絕的恩情。」

馬提亞斯接著提到所謂共和貴族的爭相逢迎當權者的醜態：

「我也經常去造訪執政官安東尼的宅邸，向他致上我的敬意；但你將會發現那些認為我缺乏愛國心的人，卻成群結隊頻繁地去拜見他，意圖要求他給些東西或是帶些東西離開。當凱撒從未干預去禁止我有自己選擇的朋友，即使那些他自己不喜歡的人，但是那些剝奪我朋友的人現在竟然會吹毛求疵地企圖要禁止我去將我的恩惠贈賜給我所選擇的人，這豈不最為冒昧？……」

馬提亞斯最後提及自己的計畫，看得出來對政治現實的灰心：

「假如我的祈禱能夠如願，我將會退居羅德島，度過我的餘生；假如有任何意外突發，讓我不克如此，我則將定居羅馬，但會以一位畢生心願是要堅持要行正確之道的人而定居下來。」（*Ad familiars* II, 28, Rome, 44, August）

馬提亞斯可以捨得，但西塞羅呢？西塞羅自己在《論友誼》中說，政治是會破壞友誼。果然。西塞羅立即回信向他致歉，並解釋他誤解他的意圖。西塞羅一定有被打手的感覺，突然覺得自己很不夠朋友，畢竟凱撒做為朋友從來沒背棄過他。

西塞羅最後一擊

西塞羅認為整個暗殺行動唯一的遺憾，是「解放者」沒將當年執政官安東尼一起殺掉。安東尼是除了富人克拉蘇外，另一位西塞羅真正厭惡的人，原因可能包括他曾羈留西塞羅將近一年時間。當謀殺凱撒的「解放者」以為只要除去獨裁者，共和便會復原，所以沒有進一步規劃。西塞羅似乎是當時唯一可以出面仲裁的人。他果然在兩天後出面協商。雙方決定一方面對謀殺凱撒的人特赦，另方面

凱撒所有通過的法律及人士安排皆為有效。但是特赦意謂著「解放者」犯罪。安東尼藉著舉辦凱撒喪禮，發表演說，宣讀凱撒對羅馬人民慷慨的遺贈；眼淚鼻涕加上血衣，激怒了群眾，促使參加陰謀的人，如布魯特斯及卡西亞斯 55 等人開始竄逃。這兩位最後分別控制馬其頓省及敘利亞省和大量兵權。西塞羅力勸元老院承認他們的地位。但安東尼搶回羅馬政治的主動權，並開始分配行省，讓他擁兵控制高盧五年。這反而令西塞羅警惕到這豈不是凱撒奪權過程的再版？

西塞羅無法改變安東尼心意，所以四十四年九月在元老院發表演說，公開指責安東尼，而他則宣布切斷和西塞羅的友誼。西塞羅接著以他知名的第二篇《菲利普演說》（*Philippics*）演說來回敬。西塞羅在這演說中，將自己比喻為四世紀雅典反馬其頓的政治家德謨斯特尼斯（Demosthenes, 384-322 BCE），提倡雅典要領導希臘人團結，共同對付北方蠻族王國的菲利普二世；安東尼盤據高盧，顛覆羅馬共和，將是新的野蠻人。西塞羅除了將自己比喻成希臘最偉大演說家以及對抗「野蠻人」的領袖外，這種將

55　Gaius Cassius Longinus, 85-42 BCE。

安東尼比喻為菲利普其實令人困惑，甚至不安，因為最後菲利普在三三八年擊敗雅典及其聯盟，而戰敗那天在許多人眼中，被認為是希臘人失去自由的一天。西塞羅自己在預言共和國的命運嗎？

在發表攻擊安東尼的演說之後，西塞羅在「解放者」逃離羅馬，元老院陷入群龍無首之際，變成領導的元老政治家。但這時出現一位新角色：凱撒的指定繼承人屋大維，[56] 即後來的奧古斯都。屋大維以凱撒這「魔術般的名字」從希臘回到羅馬，沿途號召凱撒老兵，甚至誘使安東尼一些部隊投靠他，組織一支私人軍隊。一方面他不願和侵佔凱撒遺產的安東尼合作，更不願與謀殺凱撒的「解放者」談判。西塞羅因為沒參加謀殺，而且手無寸鐵，又是凱撒老友，所以出面，希望藉著屋大維可以和安東尼取得平衡。他似乎認為年僅十八歲的屋大維毫無政治經驗，可以「抬舉他，讚美他，然後拋棄他」。西塞羅又再度犯錯。他大概不知道在面對歷史上最厲害的青少年。西塞羅當時這種容忍屋大維召集私人軍隊，允許他向元老院勒索，讓西塞羅的朋友阿蒂克斯以及在馬其頓的共和人士布

56　Gaius Octavianus.

魯特斯大為警惕，因為這除了破壞共和體制，也抬舉一位與凱撒關係極為密切的年輕叛徒，完全違背共和的目的。但是西塞羅仍然覺得自己掌控全局，以無比的精力匯聚所有反安東尼的勢力。元老院在四十三年一月一日授權屋大維與兩位新任執政官，共同攻擊安東尼，協助解圍受困的共和人士德啟穆斯。[57] 西塞羅接著說服元老院承認布魯特斯及卡西亞斯在東方的地位，並授與特別的權力；四月，屋大維等擊敗安東尼，迫使他逃到高盧，西塞羅宣布安東尼為公敵。兩位執政官陸續因戰過世；元老院無厘頭地批准被解救的德啟穆斯勝利遊行；屋大維什麼都沒得到。一切都如西塞羅安排，十分美好，共和復原在望。他似乎又回到在六十三年末鎮壓卡特林時的人生顛峰。但顛峰之後是下坡，而這次下坡卻是從懸崖上跌落山谷，粉身碎骨。

　　安東尼雖然敗逃，但說服在高盧及西班牙握有重兵的凱撒舊部，特別是擁兵最多的雷比達斯；[58] 另方面，屋大維似乎察覺西塞羅只想利用他，加上無法原諒解救的是暗

57　Decimus Iunius Brutus Albinus，約 85–43 BCE，他也是暗殺凱撒的人之一。

58　Marcus Aemilius Lepidus, 89–12 BCE。

圖一：羅馬晚期共和的義大利

殺凱撒的人；他也無法接受「解放者」在東方坐大，所以決定將合作觸角伸向安東尼。屋大維先兵臨羅馬，以年僅十九歲之齡要求執政官一職，但被元老院拒絕。所以他進佔羅馬，與親戚共同擔任執政官，並通過法律，宣布布魯特斯等人為罪犯，而且取消安東尼公敵的罪名。安東尼不願加入「第二次三巨頭政治」（Second Triumvirate）的組合，除非殺掉西塞羅。雙方在激辯兩天之後，屋大維在第三天決定放棄。

西塞羅開始逃亡。當初在凱撒遭暗殺後，局勢一度不甚明朗，甚至有惡化現象，他準備離開義大利到希臘去。後來因為朋友責備他放棄共和國，加上元老院即將開議，討論應對措施，所以他毅然決然再度淌入政治渾水，而也獲得一些成就，雖然功敗垂成。這次面臨追殺，他也想逃往希臘，但最後還是決定面對命運，在上船不久後便下船。他在自己靠海的別墅，遇見殺手追上；他勸他的奴隸自求多福，然後從轎子裡伸出頭來，引頸就戮。時間是四十三年十二月七日，他活了六十二年又將近十一個月。殺手切下他的頭顱及寫字的雙手，這他唯一的政治武器，掛在羅馬廣場的講台上示眾。這對安東尼來得有點晚，因為西塞羅對他的批評已經傳世。

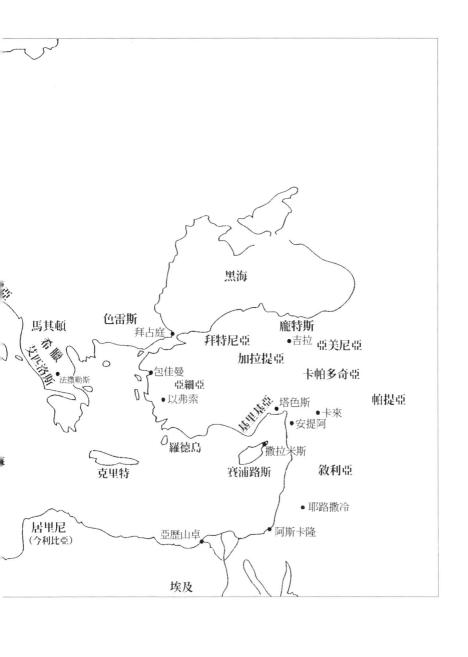

黑海

馬其頓　　　色雷斯　　　龐特斯

亞底米斯　　　　　　　拜占庭　　拜特尼亞　　　　　吉拉　　　亞美尼亞

法撒勒斯　　　　　　　　　　　　　　加拉提亞

包佳曼　　　　　　　　　　　　　　　卡帕多奇亞

亞細亞　　　　　　　　　　　　　　　　　　　　帕提亞

以弗索

基里基亞　　塔色斯

羅德島　　　　　　　　　　　　　　卡來

安提阿

克里特　　　　　　　　　　撒拉米斯

　　　　　　　　賽浦路斯　　　敘利亞

　　　　　　　　　　　　　　耶路撒冷

居里尼
(今利比亞)　　　亞歷山卓　　　　　阿斯卡隆

埃及

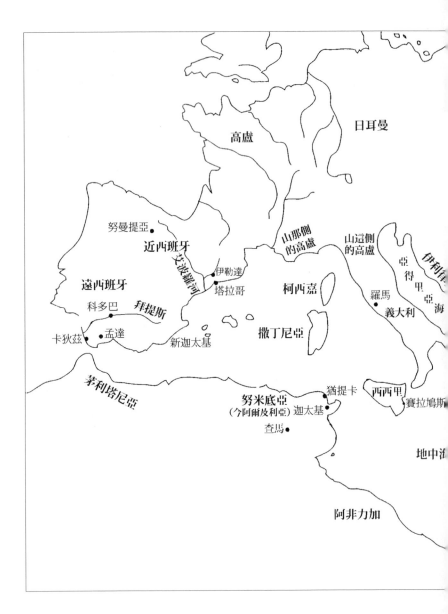

圖二：羅馬晚期共和的地中海

評價西塞羅

　　要對他做出評價，必須和他的好友兼政敵凱撒一起來思考。西塞羅是支持那已經分崩離析共和的輸家，而凱撒及奧古斯都是建立偉大羅馬帝國的贏家。所以西塞羅被十九世紀滿心期盼見到強大德國的孟森 [59] 批判，而這傳統在十九世紀及二十世紀上半，一直影響到學術界對西塞羅歷史地位的負面論斷。西塞羅私人書信裡那種自我剖析，好的壞的都全部交代出來，毫無避諱，當然只會被用來塗黑鬥臭西塞羅的動機。但這很不公平，因為有哪些共和國的政治家會是凱撒及奧古斯都的對手呢？羅馬革命所開啟的政治潘朵拉瓶子，只留希望，而這正是西塞羅所能掌握到的。他運用他所能掌握的資源去努力反轉共和國江河日下的命運，所以我們實在不能以勝敗論英雄，也不能完全責怪他受到羅馬共和意識型態所「蠱惑」，因為這是那時主流的歷史想像。至於私人書信中糾結及坦白的思考何以能夠否認他實際上的作為？其他人若是留下相同的資料，那會如何？

59　Theodor Mommsen, 1817–1903.

西塞羅留下豐富的史料及私人書信，透露出他的人格。他容易對自己讚譽過度，評價過高，而且在失意以及得意之間，情緒過度擺盪，這對他的人格穩定帶來負評。做為力爭上游的局外人，他從小便努力去接受貴族共和的傳統成規；他學習哲學及歷史，對羅馬共和發展出一種極度理想化以及理論化的形象。他因為沒有政治基礎，只能以優異的表現來獲得競爭的資格，而這得力於他無可倫比的修辭演說天才：這能力最先用為晉升之術，後來則用於政治領導上。他在政治上有所表現，主要是政治局勢的出現提供他領導的機會，但他自己無能創造局勢，因為他勢單力薄，除了好友外，是隻政治孤鳥。他堅信共和國必須依賴「所有好人的和諧」，或更具體的元老及騎士、有權及有錢，有威望及才能的「階級和諧」。這完全符合他的出身背景。這或許是當時共和貴族中唯一提出的理念以及理想。

　　晚期共和「後蘇拉」時代沒有一個人如西塞羅一樣，對護衛共和政體出過更多心力。龐培是位行政幹才，但政治上投機的政客，只對累積榮耀有興趣，也甘於為元老院所用，來對抗凱撒，因為害怕凱撒的榮耀會勝過他，但元老階級對龐培其實不甚在乎。小卡圖是死硬共和主義者，但是徹底的自私、缺乏彈性，他是促成第一次政治三巨頭

組合出現的主要因素；他更是促成共和覆亡的元凶，因為在龐培及凱撒雙方和解在獲得元老院一面倒的支持時，他非理性的反對逼得凱撒別無選擇，發動內戰。「最後的羅馬人」布魯特斯有理想以及份量，但出道甚晚，沒留下多少痕跡。唯有沒家世、沒兵權及沒錢財，未曾被體制完全接納過，但有才氣以及理想的西塞羅，從六〇年代到四〇年代他不斷奮鬥；在暫離政壇時，他不停寫作，來效勞共和國。在最後有機會時，甚至為之殞命。

他的歷史悲劇是他的能力被放錯時代，因為晚期共和是從行省壓榨鉅額財富，以及以派系與軍隊來解決政治紛爭，這些使得以共識統治的共和政府無法運作，更不是手無寸鐵的西塞羅所能輕易左右，但他仍在某些程度上的確做到，也發揮過影響力。他做為政客並非全無技巧及彈性，所以在卡特林陰謀以及對抗安東尼時，他會忽略掉法律限制以及憲政規矩，但這些權宜及逾矩並非出自西塞羅的政治私心，而是為了拯救共和國。這是目的決定手段，但如此做卻也可能危害共和國。

從一三三年羅馬革命開始，共和似乎無可逆轉地朝向凱撒以及奧古斯都獨裁所指的方向前進。西塞羅是唯一誠懇的共和主義者，而且盡了全力，他是那即將被帝國所取

代之的共和靈魂及良心。羅馬帝國時期傳記作家普魯培克 [60]
在結束《西塞羅行傳》前，提及自己聽聞到的小故事。他
說奧古斯都有次走進西塞羅孫子家中，而他趕忙將他剛剛
在看的祖父作品藏起來。奧古斯都將書拿起來細細閱讀，
駐足良久，之後將書交還年輕人，並說：「孩子，他不僅
是個論述大師，更是位論述大師以及愛國者。」[61] 這或許
是對西塞羅最公平的論斷。

60　Lucius Mestrius Plutarchus（約 46－120 ADE）。

61　49, 5: *"logios hanēr ō pal, logios kai philopatris"*，這句話的重點是在
　　kai，中文的「以及」。

目次

導讀　西塞羅，羅馬共和的靈魂　翁嘉聲教授　　　1
序　　　　　　　　　　　　　　　　　　　　　　1

BOOK I　CATO MAITOR DE SENRCTUTE
卷一　　論老年　　　　　　　　　　　　　　　11
　　　　譯者序　　　　　　　　　　　　　　　12
　　　　I－V　　　　　　　　　　　　　15－29
　　　　VI－X　　　　　　　　　　　　30－44
　　　　XI－XV　　　　　　　　　　　45－60
　　　　XVI－XX　　　　　　　　　　61－76
　　　　XXI－XXIII　　　　　　　　　77－83

BOOK II　LAELIUS DE AMICITIA
卷二　　論友誼　　　　　　　　　　　　　　　85
　　　　譯者序　　　　　　　　　　　　　　　86
　　　　I－V　　　　　　　　　　　　88－101

VI－X   102－111

XI－XV   112－123

XVI－XX   124－132

XXI－XXV   133－143

XXVI－XXVII   144－149

羅馬年表：287－43 BCE   151－156

序

　　我的拉丁文的程度本來是不容許我翻譯西塞羅的文章的。七年前，我在哈佛大學選修一門拉丁文的功課，上半年讀西塞羅的幾篇辯護辭和《論老年》一篇論文，下半年讀魏琪爾的《伊尼德》（Aeneid）的一部分。當時所學的一點拉丁文學的知識，到現在早已忘得一乾二淨，尤其是文法，忘得一點影子都沒有了。去年十一月裡，商務印書館寄來一本拉丁文、英文合訂本的《西塞羅文錄》囑我翻譯，我為了溫習舊課起見，欣然擔任了這個工作，檢出了舊日用過的課本和文法，很吃力的細心翻譯，斷斷續續的用了半年的時間譯成了《論老年》、《論友誼》兩篇。裡面的錯誤當然是很多，希望讀者指正。

　　我所根據的有好幾種版本。商務館寄給我的是 Loeb Classical Library 的叢書本，內容包括三篇文章即《論老年》、《論友誼》、《論占卜》是也，英文譯者為 W. A. Falconer，此書是英文及原文對照的，甚便初學，但是譯文流利有餘，準確不足。我為忠於原作，《論老年》一文完全是照拉丁原文翻譯的，我用的本子是 American Book Company 出

版、F. E. Rockwood 編的"*De Senectute*"。這本書有詳盡的序和豐富的註，我都充分的利用了；《論友誼》一文是我從前沒有讀過的，所以除了根據 Loeb 叢書本的英譯文外，又參考了一八九三年紐約 Hinds and Noble 出版的 *Interlinear Translation* 本詳加比較。此外我還參考了幾種譯本，但都覺得不很合用，尤其是 Everyman's Library 的那本 *Cicero's "Offices"* 雖然也附有《論老年》、《論友誼》兩篇，但不能算是翻譯，簡直是「演義」了！

翻譯拉丁文難，翻譯西塞羅最難。在拉丁散文裡，西塞羅實在是占了最高的位置。他的文筆、他的用字，都有特殊的風格，號為「西塞羅主義」，後世崇拜他的文章的人，甚至凡是他沒有用過的字都不敢用，他的勢力有這樣大！用我們現在的中國白話來翻譯這樣有權威的拉丁古文文筆，這當然是難。但我所感覺困難的，還不是這高深的文體筆法等等問題，我所感覺困難的是拉丁文文字之難於翻譯。我以為拉丁文有兩點最令人難以處治：第一是拉丁文用字精鍊，往往一個字要譯成幾個英文字，用中文來譯往往至少要十幾個字，才能表現出原文的意思，所以結果常常譯出了拖泥帶水的句子；第二是拉丁文的句子太長，文法的組織也複雜，若不加以斬斷分裂，譯成中文簡直沒有法子能通。文字雖精鍊而句法卻長冗——這恐怕是古代

文字的一種共同現象吧？至少英國散文是這樣的。越到近代，句子越短。密爾敦（John Milton）是精通拉丁文的，他的英文散文簡直冗長的令人不能卒讀！當然長的句子不一定就是不好，有時也有特殊的風味，一種飽滿搖曳的神氣也是很可愛的，不過我們若以近代的趣味或眼光去看，時常覺得不怎樣合適。所以我們讀西塞羅，要換一種眼光，別忘了這是差不多兩千年前的古文，然後或者可以領略到他的散文的特殊的韻味。

＊ ＊ ＊ ＊ ＊

關於西塞羅的生平，最好是看他的傳記（最好的一本傳記是：*Abeken: Cicero in seinen Briefen, Hanover*, 1835. 有英譯本。）下列的簡明的年表，或者也可資參考：

西元前一〇六年	正月三日西塞羅生於阿爾皮諾姆。同年邦沛生。
一〇〇年	凱撒生。
九〇年	西塞羅開始著成人長服，從卜者斯凱渥拉習法律。是年同盟戰爭（Social War）開始。
八九年	隨邦沛伊烏斯·斯特拉鮑服兵役。

八八年	在羅馬從菲羅哲學教授及修辭學家莫洛聽講。戰事終止。
八一年	西塞羅第一次執行辯護律師職務。
八〇年	西塞羅為洛斯奇烏斯刑事案辯護。
七九年	遊學雅典，從安提歐克斯、贊諾、費德魯斯習哲學，從德美特里烏斯習辭詞與雄辯。
七八年	遊小亞細亞。
七七年	回羅馬，娶特蘭提亞為妻，重執行辯護律師職務。
七五年	任西西里之財務官。
七四年	回羅馬。
七〇年	領導彈劾維來斯。詩人魏琪爾生。
六九年	西塞羅任羅馬市政官。
六六年	任副執政。
六五年	棄總督職不就。何瑞斯生。
六三年	執政。公開演說，克服卡特林陰謀。
六二年	為詩人阿奇阿斯辯護。
六一年	克勞底烏斯案。
五九年	李維生（或係五七年）。

五八年	西塞羅被放逐。
五七年	民眾投票召還西塞羅。
五五年	著《論雄辯》。
五四年	著《論國家》。
五三年	入卜人院。
五二年	為密羅辯護殺人嫌疑案。
五一年	任奇里奇阿省總督。
四九年	回羅馬。內戰，凱撒越盧比孔河攻羅馬。龐培出亡，六月間西塞羅赴希臘依龐培。
四八年	凱撒大敗龐培於法爾薩勒斯。西塞羅回義大利。
四七年	西塞羅遇凱撒於伯侖底西姆，二人言歸於好。西塞羅回羅馬。
四六年	凱撒獨裁，以至於死。西塞羅著《布魯特斯》及《雄辯家》。
四五年	西塞羅與其妻離婚，另娶少女名普伯里里亞。其女圖麗亞死。是年著成最重要作品數種。
四四年	凱撒被戕。西塞羅續有著作，《論老年》、《論友誼》、《論占卜》等皆成於是年。
四三年	十二月七日安東尼令人殺死西塞羅。

＊＊＊＊＊

西塞羅的作品約分下列數種：

一、雄辯辭

共存有五十七篇，惟有些已不完全，內中有四、五篇係偽造。此外斷片尚有二十幾篇，僅知標題者亦有三十三篇。

二、書翰

共存有九百封之數，可分四集如下：

Epistulae ad Familiares, 16 Bks.

Epistulae ad Atticum, 16 Bks.

Epistulae ad Quintum Fratrem, 3 Bks.

Epistulae ad M. Brutum, 2 Bks.

三、詩

西塞羅作的詩只存有斷片，篇章韻法均整潔可喜，但不甚富詩意。大半是早年所作，常是青年試習之作，或譯自希臘文。曾以詩體記載他做執政時代的大事，共三卷，今存約八十行；又曾續作〈論我的時代〉（*De Meis Temporibus*）一首，今佚。

四、哲學作品

❶ 屬於修辭學者

De Inventione Rhetorica, 2bks.

De Oratore, 3 bks.

De Claris Oratoribus (Brutus.)

Orator.

De Partitione Oratoria.

Topica.

Do Optimo Genere Oratorum.

「Rhetorica (ad Herenium, Incerti Auctoris), 4 bks.」

❷ 屬於政治學者

De Republica, 6 bks.（已歿）

De Legibus, 3 bks.

❸ 屬於倫理學者

De Officiis, 3 bks.

De Senctute（Cato Maior）

De Amicitia（Lælius）

De Gloria, 2 bks.（已失）

De Consolatione.（已殘）

❹ 屬於哲學思辯者

Academicae Quaestiones, 2 bks.

De Finibus Bonorum et Malorum, 5 bks.

Tusculanae Disputationes, 5 bks.

Paradoxa Stoicorum

De Philosophia（Hortensius）（已殘）

Timaeus ex Platone

❺ 關於神學者

De Natura Deorum, 3 bks.

De Divinatone, 2bks.

De Fato（已殘）

＊ ＊ ＊ ＊ ＊

　　西塞羅的散文藝術在《論老年》、《論友誼》兩篇裡
已可見一斑，但他主要的成績恐還在哲學方面。故欲充分
瞭解這兩篇文字，對於西塞羅在哲學史上之位置，亦不可
不有相當之認識。

　　在西塞羅時代，哲學思想約可分為四派：一、柏拉圖
之「學院派」，經過歷史之發展，又有舊學院、中學院、
新學院之分。二、亞里士多德之「遊行派」。三、贊諾之
「斯多亞派」，又稱「畫廊派」，約盛行於西元前三〇八

年，為新興學派，為應付當時希臘衰頹之勢，力主刻苦歸真。四、伊比鳩魯之「享樂派」，或稱「花園派」，主張免除無謂之恐懼，以快樂為至善。

西塞羅和這四派的當時代表人物都接近過。西塞羅雖然精通希臘的哲學，但不是一個有獨創性的哲學家，他自己沒有什麼特別的哲學系統或派別。西塞羅的功績，是集合各派所長，酌羅馬現狀，以淺顯通暢之筆討論各種哲學問題。講到哲學系統，西塞羅是混和派的，不屬於哪一個系統，但接近新學院的懷疑主義；在倫理方面，接近「斯多亞派」與亞里士多德；享樂主義是西塞羅所不贊同的。西塞羅能把希臘思想之最精湛的部分傳授給羅馬，這是他的不可沒的功績。在《論老年》、《論友誼》兩篇裡，我們也可看出西塞羅思想之穩健與透徹。

* * * * *

要相當的研究西塞羅，當然於這兩篇短文之外要再讀他的其餘作品。我若能引起一些人研究西塞羅的興趣，我的譯文雖然拙劣也是有益的了。

——民國二十年六月，青島大學。

BOOK I
Cato Maior De Senectute

卷一　論老年

CATO MAIOR DE SENECTUTE
論老年

譯者序

　　《論老年》一文作於何時，不能確定。其為西塞羅晚年作品，殆無疑義，因為他在晚年，事業既遭慘敗，愛女又死，所以他自然的走到哲學裡去，而想到老年的問題。他於西元前四十四年五月十一日寫給阿蒂克斯的一封信裡提到《論老年》一文已經寫成；在他的《論占卜》一文裡他也提起這篇《論老年》為其近作；《論神明之性質》是在西元前四十五年八月間才完成的，而《論老年》又決在此文之後；凱撒是在西元前四十四年三月十五日被刺，此文又決是凱撒死前所作——所以我們大概可以認定《論老年》之作必在西元前四十五年十二月十五日之後，四十四年正月三日之前，姑定作於西元前四十四年一月，想來大致是不會很錯的。此文最後一次修正是在此年七月十七日。

本文標題有好幾種寫法。西塞羅有一次以篇首數字為題，稱為《啊，蒂特斯，假如》；有一次稱為《論老年》；有兩次稱為《老卡圖》。但是標題全文應該是《老卡圖論老年》。

　　《論老年》與《論友誼》都是獻給蒂特斯‧龐彭尼烏斯‧阿蒂克斯，此人是西塞羅一生的好友。他生於西元前一〇九年，與西塞羅幼小同學時即相訂交，家頗富有，且天性澹泊，不喜羅馬政界之多變；故於西元前八十八年至六十五年隱居於雅典，研究希臘哲學文藝，著有拉丁詩篇及歷史等，卒於西元前三十二年。《論老年》寫成時，他已六十五歲了。西塞羅給他的信札保存至今者不下四百篇，可見兩人友誼之厚。

　　本文的體裁是談話式的，這本是希臘作家最喜採用的一種體裁，羅馬人也常模仿的。西塞羅模仿的不是柏拉圖書中之蘇格拉底的方法，而是亞里士多德的方法，由一人主講，聽者不大插話。西塞羅借歷史上的人物來發揮他自己的意見，所以文中卡圖說的話即是西塞羅自己的意見。

　　這一篇想像的談話是假設於西元前一五〇年在卡圖家中舉行的。時卡圖八十四歲，斯奇皮歐三十五歲，賴里烏斯約三十八歲。卡圖生於西元前二三四年，從事軍役，累著戰功，擢居要職，生平著述甚富，有演講一百五十篇，

羅馬古史一部，論農事書一部，號稱為「拉丁散文之創造者」，為當時最著名之雄辯家、政治家、軍人、農人。卡圖甚輕視希臘學術，希臘著名哲學家至羅馬為使，卡圖曾建議驅逐出境。故西塞羅文中之卡圖，動輒引證希臘典籍，與事實確有出入。卡圖精力過人，死於西元前一四九年，至老不倦，所以西塞羅假借他為主講的人，實在是最恰當的了。

斯奇皮歐生於西元前一八五年，亦從軍有戰功，擢遷要職，為著名之愛好希臘文化人士，死於西元前一二九年，疑係被人暗殺。賴里烏斯生於西元前一八八年，亦兼通文武，與斯奇皮歐為同僚，學問淵博，為斯奇皮歐外，當代最偉大演說家。卒年不明。

文中引證希臘材料甚多，第二章、第三章依據於柏拉圖之處不少，第十七章、第二十二章依據於贊諾風之處亦不少，全文得力於阿里士多德之處恐亦至多，因阿里士多德亦有一文論老年，為西塞羅所習知，惜已失傳。西塞羅所引例證亦頗有不盡精確之處。

I

「啊！蒂特斯，假如我能幫助你，

消滅你心頭的痛苦的煩惱，

那麼我可有什麼報酬呢？」[1]

親愛的阿蒂克斯，上面這幾行詩原是

「那個貧於財產而富於忠心的人」

向弗拉閔尼諾斯說的，我卻很適當的借來說給你聽。

但是那位詩人向弗拉閔尼諾斯所說

「蒂特斯，你是晝夜的焦急煩惱，」

我敢說這一定是不該向你說的，因為我深知道你的克己的精神和平穩的性格，並且我知道你從雅典帶回來的不

1　本章的三段詩句都是引自恩尼烏斯的《史詩》（Ennius: *Annales*），這是一篇長十八卷的長詩，敘述羅馬歷史，只有斷片流傳至今。所引詩句，原是一牧羊人向羅馬軍大將弗拉閔尼諾斯（Titus Quinctius Flamininus）說的。西塞羅引來向他的好友阿蒂克斯（Titus Pomponius Atticus）說。這兩個人的前名（praenomen）都叫做「蒂特斯」。

僅是一個尊榮的姓氏，[2] 還有常識 [3] 與智慧。但是我還疑心，我目前感得困苦的種種情形，[4] 恐怕有時候也不免要使得你煩惱；不過要在這一方面尋求慰藉是很難的事，留著到將來再談吧。

現在我決心要寫一篇文章《論老年》，貢獻給你，因為我願減輕我們兩個共同感到的老年的負擔，[5] 如其這負擔尚未壓迫到我們頭上，大概不久也就快來到了；我很知道你必能以穩重的、聰明的心境來承受這個負擔，如承受其他的負擔一般。但是我決定寫這個題目之後，我心裡便不

2　羅馬人的姓名至少要有兩個字，普通的有三個字，即 praenomen，nomen，cognomen 是也。第三個字 cognomen 是族氏，但有時亦是綽號之意，Titus Pomponius 之所以有 Atticus 之姓者，即因其住居於雅典之日久，精通雅典學術，並與雅典人親善之故。Atticus 有雅典之意。

3　「常識」一語殊不足以達原文之意，原文是 humanitatem，意乃「為人之道」，亦即英文中所謂「liberal education」之意。

4　指當時羅馬政治狀況而言，正凱撒當權之後，西塞羅失勢之際。

5　所謂「老年」，有其特殊之限制。羅馬人常把一生分為五個階段，曰 pueritia，adulescentia，iuventus，aetas seniorum，senectus，即童年、少年、成年、壯年、老年也。前四個階段，每一階段約十五年之久。但此種名詞使用時亦往往稍有出入之處。此時西塞羅六十二歲，阿蒂克斯六十五歲。

斷的想到了你，只有你值得使我貢獻這一份禮，使我們共賞。無論如何，我是覺得這篇文章很有趣的，不但可以把老年的煩惱一掃無餘，並且可以把老年變成一個舒適幸福的境界。哲學真是值得我們的無窮盡的稱讚，因為哲學能使一切肯遵守哲學條規的人毫無苦惱的走過一生的各個季候。

關於別的題目我已說過不少的話，並且將常常有許多話要說；現在呈給你的這部書是論老年的。但是我沒有把全文假託是蒂通諾斯[6]所作，如奇奧斯之阿里士多[7]之所為（因為神話裡不能有多大權威），我為了有更大的權威起見，我假託是那可敬的馬爾克斯・卡圖說的；我假設賴里烏斯與斯奇皮歐都在他家裡，對於卡圖之善於忍受老年表示驚訝，然後卡圖再回答他們。如其我的書裡的卡圖比他在他自己的書裡所辯論的話顯著更有學問，我們可以認定這是由於他晚年勤讀希臘文學的緣故。我何必再多說？以下卡圖的話就要完全把我的對老年的見解宣布給你了。

6　蒂通諾斯即 Tithonus。其妻 Aurora 為之祈禱，Jupiter 允其長壽，但不允其不老，後衰老甚久，卒變為螽斯。見希臘神話。

7　阿里士多（Aristo）是奇奧斯（Chios）之哲學家，在西元前二六〇年前後。屬「亞里士多德學派」，其著作失傳。

II

斯奇皮歐：我和賴里烏斯談的時候，我常常詫異。卡
圖，你對一般事物的智識竟那樣高超無疵，最令我詫異
的，是你從不以老年為煩厭，而普通一般老年人總覺老年
是可厭的，至於說老年是比哀特娜火山[1]還重的一個負擔。

卡圖：斯奇皮歐和賴里烏斯，我覺得你們所驚訝的事
並沒有什麼難懂。凡是不會過美德及幸福生活的人，無論
什麼年紀都是厭煩的；反轉來說，對於自身有美德的人，
一切自然律所必產生的事物便沒有一件是可惡的。老年便
是這種事物之一，人人都願意活到老年，然而到了老年又
要抱怨，人竟怎樣的矛盾愚頑！他們總是說，老年襲來比
他們所盼望的快了些。但是誰叫他們下這樣錯誤的判斷？
老年追襲著青年[2]比青年追襲著童年又快了多少呢？並且，

1　哀特娜（Aetna）火山，在西西里。古代神話謂巨人為天神戰敗，遂葬
　　於此山下。西塞羅引用此典大概是轉引自希臘悲劇家 Euripides，Herc.
　　Fur. 637，「老年之負擔重於哀特娜高山」。
2　此處「青年」係包括「少年」「成年」二期而言；所謂「老年」亦謂
　　「壯年」與「老年」二期也。

假如他們在八百歲的時候，老年的煩悶就比在八十歲的時候輕減得多嗎？老實說，時間無論多長，一旦消逝，都不可能安慰一個愚蠢的暮年。

　　所以，假如你們對於我的智慧表示驚訝（我固願能不負你們的贊許，不辱我的姓氏！）[3]，我所以聰明的緣故，是因為我服從「自然」，[4]「自然」是最好的嚮導，我奉「自然」為神；人生的戲劇的各幕已經「自然」妥為佈置，最後一幕大概是不會被忽略的，如拙劣的詩人一般。不過終點總是有的，如樹上的果實田間的穀粒，總有成熟的時候，不免要枯萎下墜，此種境界智慧的人便該心平氣和的去接受。與「自然」宣戰，那不是和巨人一樣的和奧林匹亞神明宣戰嗎？[5]

　　賴里烏斯：是的，卡圖，你可以使我們兩個很滿意的（假如我可以替斯奇皮歐說話），如其你肯預先教導我們

3　卡圖的姓氏（cognomen）是 sapiens 即智慧之意。

4　斯多亞派的哲學家主張人生須以「自然」為依皈，所謂「自然」即人生之合理的行為也。

5　由宙斯神所領導的奧林匹亞諸神，曾與之前統治宇宙的泰坦族（或稱巨人族）發生戰鬥，將其擊敗，取而代之。

如何可以極輕快的忍受老年的壓迫，因為我們至少是希望
能活到老年的。

　　卡圖：他很願意的，賴里烏斯，尤其是如你所說，假
如能使你們兩個滿意。

　　賴里烏斯：你若不嫌麻煩，卡圖，我們的確願意知
道，你已經走了這樣的長途，[6] 你現在到達的地方究竟是什
麼景象，因為我們早晚也必要走上這個長途的。

6　　以人生比做旅途，見柏拉圖《共和國》。

III

　　卡圖：我必盡我的力量做，賴里烏斯。我常聽見與我同年紀的人怨訴（俗話說得好：「同樣的人樂與同樣的人相聚」[1]），前任執政委員薩利拿托[2]和阿爾必奴斯，[3]他們是和我年紀相彷的，常常怨訴，有時是因為他們不能有感官的快樂了，以致生活無味；有時是因為夙來恭敬他們的人現在藐視他們了。但是我覺得他們都怨恨的不得其當。如其他們所怨訴的果真是由於老年的緣故，同樣的苦楚也應該輪到我和其他的老年人，我認識許多人，他們毫無怨恨的過著老年，他們的生活既不因情慾消失而感到不樂，並且也從來不被他們的朋友所藐視。上面講到的各種怨訴，完全視各人性格為斷，與老年無關。有節制力的老年人，既不冷酷，亦不暴戾，自然覺得老年易過；至於性情

1　荷馬《奧德賽》第十七書第二一八行，「同樣的神與同樣的神相聚」。柏拉圖《共和國》，「老年人喜歡聚在一起，因為如諺語所謂，是同類的鳥」。

2　薩利拿托（C. Livius Salinator）比卡圖約小四歲。西元前一八八年為執政。

3　阿爾必奴斯（Sp. Postumius Albinus）西元前一八六年執政。

乖張的人，無論什麼年紀都是可厭的了。

賴里烏斯：你說的不錯，卡圖；但是也許有人要說，你的老年是容易過的，因為你有財富有權位，而別人不見得能享有。

卡圖：這話裡是有一點理由，賴里烏斯，但是不能包括一切。例如當初一個塞里孚斯人 4 和台米斯陶克里斯 5 吵架說：「你的名聲並不是你自己的，你是借了你的國家的光榮。」台米斯陶克里斯回答說：「不錯，我若是一個塞里孚斯人自然永遠不會出名，但是你即是一個雅典人你也永遠不會出名的。」對於老年我們也可以說同樣的話。在極端貧乏中，老年固不易受，即是智慧的人亦不易受；但是在極端財富中，一個愚蠢的人也必定感覺老年可厭。

無疑的，斯奇皮歐與賴里烏斯，老年最適宜的武器便

4　Seriphio 即塞里孚斯人。Seriphus，愛琴海中一小島，為一至無重要之地。

5　台米斯陶克里斯（Themistocles）雅典之著名大將並政治家，生於西元前五一四年，卒於四四九年。為人好大喜功，權詐過人，編製海軍一事為其特殊政績，卒於西元前四七一年被公民放逐，後懼受判罰，於四六五年逃亡波斯，得波斯王之優遇，以至於死。文中所引故事，見柏拉圖《共和國》，及普魯塔克《台米斯陶克里斯傳》。

是美德的實行，一生中隨時修養美德，在一生事業終了時便產生奇異的結果，不但在生命終點時得到安慰——這一點固甚重要——並且回想起一生的善行，也自有無限的快樂。

IV

　　昆特斯・發必烏斯・馬克西木斯，[1] 他是收復過塔蘭特姆的那個人，雖然他比我年紀大，但是我愛他如同年的人一般。因為他是莊嚴而又有禮貌，不因年老而改變性格；我當初和他締交時，他年紀雖然不小，但是還不甚老。我生後一年，他正第一次做執政；他第四任執政時，我還是個孩子，我投身行伍隨他到卡舖窪，五年後又到塔蘭特姆；四年後圖地坦諾斯與開台格斯做執政時，我做財務官，[2] 那時候他比我年長得多，演說贊成金奇烏斯提議，禁止律師接受餽贈的法律。[3] 雖然年老，他還是如青年一般的作戰，以堅忍的精神克服了漢尼拔。他的朋友恩尼烏斯[4]這樣的稱讚過他：

1　Quintus Fabius Maximus 為西元前三世紀末羅馬史上最重要人物，屢任執政，計共五次。與漢尼拔戰，曾以「遷延政策」以老敵軍，因不戰而獲勝利，後屢行此策，無不化險為夷，因有 cunctator 之綽號，意即「遷延者」之謂也。

2　財務官即 quæstor。

3　Legis Cinciae 是西元前二〇四年護民官 M. Cincius Alimentus 所主張之法律，禁止律師受酬。此為一公正之法律，但不為貴族所喜。

「只因一個人的遷延，救了我們的國家；他以國家的平安為重，以私人名望為輕；所以他的光榮一天比一天的燦爛。」

真的，他恢復塔蘭特姆是何等的小心機警！薩利拿托[5]把城失守之後逃到衛城裡去，我曾親自聽見他誇大的說：「發必烏斯，你是靠了我的力量才恢復了塔蘭特姆。」發必烏斯笑著說，「那是無疑的，你若不失守，我自然不能攻克。」實在的，他在服官的時候是比在戰爭時更為著名。第二次執政的時候，他不要同僚斯普利烏斯・卡維里烏斯的幫助，獨自和護民官加憂斯・弗拉閔尼烏斯[6]作對，這位護民官是公然反抗元老院的意旨而主張分派皮堪諾姆及高盧的田地。他做公家卜官[7]的時候，他大膽的說過，凡為國家的安全而做的事都應該是服從徵兆的，凡於國家有

4　恩尼烏斯（Ennius）常被稱為「羅馬詩之父」，生於西元前二三九年。與卡圖友善，精拉丁、希臘文，為當時著名教師並著作家。本處所引三行詩，引自其所著《史詩》卷八。

5　失城者是 M. Livius Macatus，西塞羅作薩利拿托，實誤。

6　弗拉閔尼烏斯（Gaius Flaminius）是西元前二三二年著名之護民官，於是年鼓吹頒布法律，准業農之公民開墾公地。

7　公家卜官（augur）司占吉凶，為羅馬權威甚大之官職。凡政府有所作

害的事均是反悖徵兆的。

　　這個大人物的可佩服處很多，但是最令人注意的，是當他著名的、曾任執政的兒子死的時候，他的態度是非常可敬。他講演的葬禮輓詞是流傳很廣的，我們讀過之後，哪個哲學家不會顯得可鄙嗎？他不但是在民眾眼裡偉大，他在家庭中私人生活裡是更為偉大。何等的健談！何等的善作格言！何等的通曉古史！何等的精通占卜！以羅馬人論，他讀書不少，他的記憶裡是無所不有，不但記得所有的內亂，外戰他也記得清楚。我當時非常渴望從他的談話裡得到利益，好像我是預知他死後我便找不到一個可以教導我的人。

　　為，例如通過法律，選舉官員，宣戰，等事，均須由卜者占其吉凶，然後定奪。如卜得凶兆，則官吏必須停止進行其事。然兆之吉凶，完全由卜官解釋，故其權限至大。「卜人院」原以九人組之，至卡圖時卒增至十六人，其任期為終身的。發必烏斯擔任此職凡六十二年。占卜之法有五：（一）天象，（二）鳥鳴與鳥飛之狀，（三）聖雞之飼食，（四）獸類之突現，（五）偶然之事如噴嚏，跌交，等等。

V

　　我為什麼要講這許多關於馬克西木斯的話呢？因為你們現在可以明白了，若說像他那樣的老年是不幸福，那是何等荒謬。當然不能人人都像斯奇皮歐或馬克西木斯一樣，能回想攻克過的城，水陸的戰征，指揮過的討伐，贏過的勝利。但是平穩度過的一生，到了老年也是莊嚴寧靜的——例如我們知道的柏拉圖，[1] 八十一歲死的時候手裡還執著筆；還有伊梭格拉底斯，[2] 他自己說在九十四歲的時候作了一篇《雅典頌詞》，[3] 過後又活了五年。他的教師里昂提尼之高吉阿斯[4] 活到一百零七歲，從沒有停止過工作。有人問他為什麼願意活得這樣久，他回答說：「我沒有理由

1　柏拉圖死於西元前三四七年。據另一說，死時係在婚筵作客之際。

2　伊梭格拉底斯（Isocrates, 436－338 BCE）是雅典著名修辭學雄辯學講師，與柏拉圖競爭。馬其頓人戰勝希臘後，絕粒而死。

3　〈雅典頌詞〉（*Panathenaicus*）係頌揚雅典之演講詞，為每四年舉行一次之「大雅典節」而作。

4　里昂提尼之高吉阿斯（Leontinus Gorgias）生於西元前四八五年左右，壽長各說不同，約介於一百零五歲至一百零八歲之間。為著名之修辭學講師，伊梭格拉底斯亦其弟子。

反對老年。」回答得尊嚴，不愧為一學者！

實在講，愚蠢的人嫌恨老年，其實是他們自己的錯處；我方才提起的恩尼烏斯便不如此，他說：

「像是一匹華麗的駿馬

常在奧林匹克場上獲勝，

現在老弱了，開始休息。」

他是把他的老年比做那勇敢常勝駿馬的老年。這個人你們大概可以記得清楚，因為是在他死後第十九年，現任的執政蒂特斯‧弗拉閔尼諾斯與曼尼烏斯‧阿奇里烏斯才被選的，而他的死是正在開皮歐做執政，而菲里普斯做第二任執政的時候，那時節我六十五歲，我曾高聲盛氣的做公開演說，鼓吹沃考尼烏斯提議的法律。[5] 但是恩尼烏斯活到七十歲的高年，在兩重最大的壓迫之下——貧窮與老年——而他的態度卻似樂於貧老一般。

講到這裡，我找出了四個理由為什麼老年好像是不幸

5　沃考尼烏斯（Voconius Saxa）護民官於西元前一六九年提議通過法律一條，內容是（一）凡擁有十萬銀幣（asses）者不得以女子為繼承人，（二）捐贈他人之遺產不得超過繼承人所得之數。此法律之用意在節制婦女虛糜之風，並使遺產得以不散。

福：第一，老年使我們從積極的事業裡退出；第二，老年使身體孱弱；第三，使我們失掉所有的快樂；第四，離死不遠。你們若是願意，我們逐項討論，看看裡面含有多少真理吧。

VI

　　「老年使我們從積極的事業裡退出。」什麼事業呢？是不是非年青力壯不能做的事業？就沒有智識的事業，老年人身體雖弱而也能從事的嗎？昆特斯‧馬克西木斯就沒有事可做嗎？斯奇皮歐，你的父親，我的兒子的岳父，陸奇烏斯‧鮑魯斯，他是沒有事可做嗎？還有許多老年人，如發布里奇烏斯，枯里烏斯以及珂侖堪尼烏斯 [1]──他們用他們的智慧與力量擁衛國家，他們是無事可做嗎？

　　阿皮烏斯‧克勞底烏斯 [2] 老年時還瞎了眼；但是元老院傾向媾和並與皮魯斯締盟的時候，他不遲疑的說過一番話，經恩尼烏斯撰為詩篇：

　　「你們的心曾經是堅強剛毅，

1　發布里奇烏斯（Fabricius）曾三任執政，一任監察，為人耿直守法；枯里烏斯（Curius）亦三任執政一任監察，著有戰績；珂侖堪尼烏斯（Coruncanius）為著名法學家。

2　阿皮烏斯‧克勞底烏斯（Appius Claudius）姓 Caecus，即「盲者」之意，其政績之卓著者為築造從羅馬至卡舖窪之大道，及羅馬水渠。皮魯斯戰勝後與羅馬議和，克勞底烏斯被人引至元老院痛切陳辭，遂罷和議，重開戰端。

為什麼瘋狂得改變了常態？」

等等很深刻的句子。你們對於這篇詩是熟悉的。況且阿皮烏斯的演說詞也還在流傳。這篇演說是在他第二任執政後十七年講的，雖然他兩次執政之間有十年的間隔，並且在執政前他還做過監察官。所以在和皮魯斯打仗的時候他已經是一個老人了，然而相傳還有上述這樣一段故事。

以為老年不能做有益的事，這實在是不中肯之論，這就等於是說掌舵者對於航船沒有用處，別人爬桅杆，在板路上跑，在抽水機上工作，而掌舵者卻逍遙的坐在船尾，僅僅把著舵杠。他做的事也許不是水手中年青者所做的事，但是他做的是更重要的事。大事業的成就不是靠筋肉，速度，或身體的靈巧，而是靠了思想，人格，或判斷；在這幾點上，老年人不但是不比別人壞，而且比別人好。

或者你們也許以為我做過士兵，參謀，大將，元帥，參加過各種戰事，現在我不能作戰了，我便沒有事可作了。但是我現在指揮元老院宜從事何種戰爭，並如何作戰；目前因迦太基久蓄陰謀，我已向之宣戰，非將全部克服之後我不能釋憂。我願上帝保留這個光榮給你，斯奇皮歐，去完成你的祖父未竟之志！那位英雄死後已三十三年，但是每過一年都要紀念他。他是在我做監察官前一

年，做執政後九年死去的；我做執政的時候他第二度被選為執政。假如他能活到一百歲，他會以老年為遺憾嗎？不會的，他必定不於跑跳擲標槍比劍上虛擲光陰，而從事於思想，智慧，與判斷。如果老年人的特點不是這些，我們的祖先也不會把最高機關叫做「元老院」了。[3] 例如在斯巴達，掌國家最高職務者就叫做「長老」，[4] 而實際上也確是老人。如其你們願意讀或聽外國歷史，你們就可以知道最大的國家是被青年人所毀壞，由老年人支持恢復。

「請問你們的國家何以這樣快的失了？」

這是耐維烏斯[5]作的一篇戲《狼》裡面的一個問題。答案很多，這一個最中肯：

「因為來了一批幼稚多話的青年人。」

不錯的，急躁是青年的特點，老成是老年的收穫。

3　元老院（Senectus）即老人（Senes）集會之意。斯巴達之元老院共有二十八人，皆六十歲以上人，任期終身。

4　斯巴達元老院叫 gerusia，此字與「老人」有關。其三十位成員除兩位國王外，皆必須年過六十。

5　耐維烏斯（Naevius，約 270–201 BCE），約於西元前二三五年之際開始文學生涯，著有三十四喜劇、七悲劇，僅有部分殘留至今。

VII

　　據說老年人的記憶力是要損壞的。這話我相信，假如你不運用，或者你是天生的遲笨。台米斯陶克里斯記得雅典所有的公民的名字；[1] 你以為他老了之後會把阿里斯提地斯[2] 喚做里西馬可斯嗎？譬如我自己，我不但記得活的人，我並且還能憶起他們的父親及祖父；我讀他們的墓銘的時候，我不怕那迷信的傳說，讀墓銘會失去記憶；我讀墓銘，為的是使對死者的記憶更為活躍。我從來沒聽說過老年人忘了藏錢的地方！老年人能記得一切有關的事，到法庭的約會，誰欠他們錢，他們欠誰錢。

　　講到老年的律師，教長，卜者，哲學家，他們記憶的事是何等的多！老年人如繼續的運用記憶，記憶力便不會消失；不但有權位的人是如此，平民亦是如此。沙孚克里

1　台米斯陶克里斯著名的有堅強之記憶力。當時雅典公民（本地人男性年逾二十歲者有選舉權）約有四萬之數。

2　阿里斯提地斯（Aristides）是里西馬可斯（Lysimachs）的兒子，為台米斯陶克里斯之政敵。

斯[3]在極老的時候寫悲劇；他專心致力於文學作品，他的兒子認為他不善治家，到法庭告他，請求法庭根據他的孱弱判其不得掌管家產，因為當時也有和我們的一樣的一條法律，禁止家長揮霍家產。據說這位老人便把他剛寫完正在修改的《伊迪帕斯在柯龍諾斯》[4]一劇讀給陪審官聽，問道：「請問這首詩可像是一個孱弱的人寫的嗎？」他讀過之後，陪審官判他無罪。他，或荷馬，黑西奧德，[5]西蒙尼地斯，[6]斯台西考洛斯，[7]或伊梭格拉底斯，高吉阿斯（我前面已經講過）或大哲學家如畢達哥拉斯，德莫克利特

3　沙孚克里斯（Sophocles）生於西元前四九五年，卒於四〇五年。富有天才，並有良好之訓練，二十歲時獲悲劇獎，以後文藝競賽屢試屢捷，獲首獎二十次，次獎尤多。著作流傳至今者僅悲劇七篇。

4　《伊迪帕斯在柯龍諾斯》（Œdipum Coloneum）。

5　黑西奧德（Hesiod）約在西元前九世紀，荷馬以外最古之作家也。作品流傳者僅三部：《工作與時日》，《神道學》，《海克里斯的盾》。

6　西蒙尼地斯（Simonides of Ceos）希臘之抒情詩人，生於西元前五五六年，卒於四六九年。

7　斯台西考洛斯（Stesichorus，630－550 BCE）西西里之抒情詩人。

8　畢達哥拉斯（Pythagoras）西元前五二九年居於義大利，創義大利派哲學，建立會社，以生活刻苦為目的，主張靈魂不死說。德莫克利特斯（Democritus）生於西元前四六〇年，活到一百〇四歲，主張原子學說，號稱「笑哲學家」。

斯，**8** 柏拉圖，贊諾克拉底斯，**9** 或較晚之贊諾，**10** 克里安提斯，**11** 或你們在羅馬見過的斯多亞派的戴奧真尼斯，**12** 這些人你想能因為老年的壓迫便放棄他們的事業而不著述嗎？恐怕他們的事業的活動是和他們的生命一樣的長吧？

我們不談這些偉大的事業了吧，我現在來談談薩必諾田間的羅馬農人，他們是我的鄰人和朋友，重要些的農事如播種收穫囤糧等等都是他們自己動手的。他們對於每年收穫之熱心是沒有什麼可詫異的，因為人無論怎樣老，總是以為自己還可以再活一年——但是這些人所工作的事，他們自己知道對於他們自己是決無利益的。

「他栽了樹為後人享用，」

9　贊諾克拉底斯（Xenocrates）約生於西元前三九六至三一四年之間，柏拉圖弟子。

10　贊諾（Zeno of Citium）約於西元前三〇八年在雅典講學，為斯多亞派哲學之創造者，時約五十歲，壽長至九十八歲。

11　克里安提斯（Cleanthes）贊諾之弟子，繼為斯多亞派領袖，活到八十歲以上。

12　戴奧真尼斯（Diogenes）有兩個，一個是斯多亞派的 Diogenes of Babylon，一個是犬儒學派的 Diogenes of Sinope。前者於西元前一五五年到羅馬。

這是我們的凱西里烏斯·斯塔提烏斯 [13] 在他的《青年友人》裡說的。一個農人無論年紀多麼老，你若問他為了誰栽種，他將不猶疑的回答：「為了不朽的神明，他不但願我接受祖先的遺業，他還願我傳授給後代。」

13　斯塔提烏斯（Cæcilius Statius）原為高盧人，約於西元前一九四年被馬爾開魯斯（Marcellus）帶到羅馬。後因主人之寬厚，得恢復自由，並受教育，為 Plautus 後繼起之喜劇作家，有斷片傳世。其《青年友人》（Synephebi）一劇，係模仿希臘作家 Menander 之作品。

VIII

凱西里烏斯所說的那個為後代勞作的老年人，其實比下面的這幾句還說得切題些：

「真的，『老年』，你若只有一件短處，

那也就很夠了：一個人活得久，

將看見許多他所不願見的事情。」[1]

但是也許看見許多願見的事情；至於不願見的事情，青年也是要遇到的。但是凱西里烏斯描寫出一種更壞的見解：

「老年最可慘的缺憾就是：

老人覺得被青年人厭棄。」[2]

但是我說，是愉快，不是厭棄。智慧的老年人歡喜和活潑的青年人在一起，青年的禮敬可以減輕老年的負擔；所以青年人和老年人在一起也應該是同樣愉快的，由他們的教訓可以導入美德的途徑。你們兩個使我得到愉快，但是我使你們得到的愉快不見得較少些吧。但是你可以看出

1　引自凱西里烏斯所著之《頸圈》（*Plocium*）一劇。

2　引自《來自以弗索的人》（*Ephesio*）一劇。

老年決不孱弱消極，而永遠忙著做事，籌畫做在年青時所做的同性質的事。還有些人年紀雖大還繼續增加他們的智識呢？例如梭龍，[3] 在他的詩裡誇說他年老之後天天學習新的智識。我也是如此，我在老年學習希臘文學，我熱心的鑽研如滿足忍了很久的口渴一般，所以我學習了不少希臘的知識，你們看我現在便能常常引做例證。我讀到蘇格拉底[4]學習彈琴的藝術，這是古人常常藉以教人的一種樂器，我便也很想學習；不過至少在文學方面我很用過功了。

3　梭龍（Solon，約 638–558 BCE），雅典著名之立法者，為希臘七賢之一。

4　蘇格拉底（Socrates, 469–399 BCE），希臘之大哲。

IX

我現在不感覺需要青年的力量——因為這是老年的缺憾的第二點——猶之在青年時不感覺需要牛或象的力量一般。因為一個人有多大力量便該用多大力量，凡有所為也該以他的力量為準。克羅東之蜜羅[1]所說的話是多麼可憐？他年老之後看著運動家在跑場上練習，據說他就望著他自己縮瘦的筋肉，哭著說：「這些筋肉已經死去了。」但是你的筋肉不見得比你這個無聊的人更死！你從來就沒有靠你自己出名。只是靠你的肺部和筋肉的蠻氣力。古代之塞克斯特斯・愛里烏斯[2]與蒂特斯・珂侖堪尼烏斯，後代之普伯里烏斯・克拉索斯，[3]便截然不同了，他們為民眾講解法律，他們對於法律的學問至死不滅。

雄辯家到了老年恐怕要失掉效力，因為他的成功不僅

1　蜜羅（Milo of Croton）乃畢達哥拉斯弟子，為西元前六世紀末葉著名運動家，體力過人，後在林中用手力劈橡木樁被夾住，無人救援而死。
2　愛里烏斯（Sex. Aelius）為著名法學家。古羅馬之習慣法學家或律師於每日清晨接待以法律事件垂詢之人。
3　克拉索斯（P. Licinius Crassus）亦法學家。

靠了他的知識，還要靠他的肺部和體力。無疑的，老年時聲音不知何以變得格外雄渾，你們看我這樣大年紀，仍不曾失掉這雄渾；老年人說話的語調往往是沉靜溫和的，常常老人的鎮靜和平的語調就能贏得聽者的同情。一個人自己不能去參加雄辯，他還可以教導一個斯奇皮歐或賴里烏斯呀！老年人有熱心的青年環繞著，還有什麼比這更快意？我們難道不承認，老年究竟還有一點力量夠教青年使他們準備盡各種責任與職務？這豈不是一種極偉大的用處嗎？斯奇皮歐，我覺得耐烏斯與普伯里烏斯·斯奇皮歐，[4]和你的兩個祖父陸奇烏斯·愛密里烏斯與普伯里烏斯·阿非里加諾斯，[5] 都是很幸運的，有一群高貴的青年做他們的隨從；凡是學術大師不會是不幸福的，縱然他們的體力也許是衰弱了。

老年即使體弱，更常常是因為青年荒蕩所致，而不是老年的錯處；青年荒蕩，到了老年身體自然衰頹。例如，

4　耐烏斯·斯奇皮歐（Gnæus Scipio）是老阿非里加諾斯之伯父，普伯里烏斯·斯奇皮歐（Publius Scipio）是老阿非里加諾斯之父。

5　陸奇烏斯·愛密里烏斯·鮑魯斯（Lucius Aemilius Paullus）是其祖父，普伯里烏斯·阿非里加諾斯（Publius Africanus）是其過繼之祖父。

贊諾芬書中的居留士，[6] 在他老年病篤的時候說過，他從沒有覺過他老年的身體不及青年時強壯。我記得我小時候見過陸奇烏斯‧邁台魯斯，[7] 他在第二任執政後四年又做大祭司，擔任這神聖的職務凡二十二年，我記得他一直到死身體都是強壯的，並不感覺失掉青春。關於這一點我不必說起我自己，雖然我這樣的年紀也很有說我自己的資格與權利。

6　居留士（Cyrus，約 600−530 BCE）是波斯帝國的創造者。
7　邁台魯斯（L. Caecilius Metellus）於西元前二五一年及二四七年兩度任執政。

X

　　你們沒有注意荷馬詩中的奈斯特[1]常常宣揚他自己的優點麼？因為當時他已活到第三代的時候，並且講起自己的故事來，也不致令人覺得他狂妄。荷馬說，「他說的話比蜜還甜」，這甜蜜是用不著體力的；希臘聯軍統帥[2]禱告說，有十個勇敢的阿札克斯，[3]不如有十個的智慧的奈斯特，可以更迅速的消滅特洛伊。

　　但是回講我自己吧。我現在八十四歲，很願能像居留士一樣的誇嘴。不過我可以說，我現在雖然沒有強壯的體力，如當初在迦太基戰爭中當兵的時候，或我在這戰爭之際做財務官時，或在西班牙做總司令的時候，或四年後在曼尼烏斯·阿奇里烏斯·格拉布里歐指揮下做軍事官在溫泉關來作戰的時候；但是，你們看得出，老年並不曾把我完全變成衰弱。元老院，群眾大會，朋友，倚賴我者，[4]客

1　奈斯特（Nestor）乃特洛伊戰爭中之老英雄，擅長辭令。
2　即邁希尼國王阿加曼儂（Agamemnon）。
3　阿札克斯（Ajax）為僅次於阿齊里士之希臘勇士。
4　按當時習慣，平民依貴族為保護人，於平時平民是自由的，受貴族庇護，於戰時須為貴族效力。卡圖即陸斯坦尼安人之保護人（patronus）。

人，都不覺得我弱；因為我從來不相信那句受人傳誦的諺語：「如要長做老人須要早做老人。」我寧願做老人的時期短些，不願在不該老的時候就老起來。要來和我會晤的人，我從來不曾拒見。

你們也許說，我比你們力量小，但是你們自己也比百夫長蒂特斯・龐提烏斯[5]力量小；他因為力量大就算是比你們好嗎？各人有多少力量，便盡量的正當的去使用吧，這樣便可不致因力量小而遺憾了。據說蜜羅肩上背著一匹大牛在奧林匹亞跑場上走了一周。你們願意要蜜羅的體力，還是願意要畢達哥拉斯的智力？總之，有體力時便要享用，沒體力時也不要悲傷，除非你們一定相信青年要哀悼童年的消失，成年要哀悼青年的消失。生命的途徑是固定的，「自然」只安排一條途徑，每人只能跑一回，生活中每一階段自有其適宜的特質；童時的幼稚，青年的勇邁，中年的穩重，老年的成熟──這都是自然的程序，應該按照適宜的時候去令人享受。

斯奇皮歐，你的祖父的朋友馬西尼沙[6]現在九十歲了，

5　龐提烏斯想係一孔武有力之軍士。不詳。

6　馬西尼沙（Masinissa）乃努米底亞（Numidia，約今日之阿爾及利亞）之王，擁有強悍勇猛之騎兵隊。

他每日所做的事，你大概知道吧；他徒步上路之後，從不中途騎馬，若騎馬之後，便從不下馬；無論風，無論寒，他頭上不戴帽；他的體魄堅強，所以一切國王所該盡的職責他都能夠躬親。所以有節制有練習便可以使一個人在年老之後還保持他早年的強健。

XI

姑認老年是缺乏力氣；老年本無須要力氣。法律與習慣均豁免我這樣年紀的人做需要體力的事業。[1] 所以我們不但是不需做我們所不能做的事，我們所能做的事也不需我們做的。也許有人說，有許多老年人過於孱弱，甚至不能盡人生所必需的責任。但這不僅於老年人為然，身體不健康者大抵如此。斯奇皮歐，你的養父，普伯里烏斯·阿非里加諾斯之子他是多麼弱！他是多麼不健康，或者說沒有健康！若非因為這個緣故，他早成為國家的第二個泰斗了；因為他除了有他父親偉大的智力以外，還有淵博的學識。青年人都不能免於孱弱，老年人有時體弱，又有什麼奇怪呢？

不過，我的年青朋友們，抵禦老年是我們的責任；要留心補償老年的缺憾；要如防病一般的防備老年。我們要注意健康；做溫和的運動；調節飲食以營養身體，不要反使身體受傷。我們也不該專注意身體，心靈方面應該更加

1　當時法律規定凡人民在十七歲至四十六歲之間者有當兵義務，在必要時四十六歲以上者亦須當兵。

注意，因為心靈和燈一樣，若不繼續添油，日久就要黯淡了。並且，運動可使身體疲倦，但智識的活動使心靈格外爽快。凱西里烏斯所說「滑稽劇裡的皓首匹夫」，他是專指那些輕信健忘糊塗的老年人說的，而一般老年人並不全是如此，只有那昏憒老人才是如此。恰似蕩佚縱慾是青年常病，然亦不能指一切青年，只有那天生下賤的青年是如此。所以老朽龍鍾也不能指一切老人而言，只能指那些愚弱的老人。

阿皮烏斯雖然又老又瞎，但是還能管理四個頑強的兒子，五個女兒，一個許多人倚靠他的大家庭；[2] 因為他的心像是一張強弓一般的緊張，並不因年老而興致索然。他在家中不但有主權，並且嚴肅處理家務；他的奴僕怕他，他的兒女尊重他，但是全都敬愛他。他家裡能繼續保守祖先的家風。老年若能維持他的尊嚴與權利，不為他人所屈服，主持家務以至於死，這樣的老年才算是榮耀的。少年老成是我所贊許的，但是老年而有少年氣象亦是我所贊許的。凡是老年而有青年氣象的人，身體雖老，精神不會老的。

2　羅馬家族之長（paterfamilias）是有無限威權的，司祭祖之事，並管理一切家人家事家產，至帝國時代始稍減殺其權。

我現在正編纂我的《古史》第七卷。我搜集了所有的古代史料，目前正在修改我在緊要的場合上所發表的演說詞。我在調查卜法，教律，和民法；我用許多時間研究希臘文學；為了練習我的記憶力，我仿照畢達哥拉斯派學者的辦法，每晚回想一天所說所聽所做的事。這便是我的智識運動，這便是我的心理競走，我在這方面努力揮汗的時候，我不感覺我的體力的消失。我能幫助我的朋友；我常到元老院去，我自動提出我審慎思索過的事件，靠心力不是靠體力，我主張我的意見。如果我不能做這些事，我還有我的小床，可以逍遙的思索那些我力有未逮的事。但是我能夠做這些事，因為我過去的生活調處得宜。一個人若不斷的在這種事業中討生活，他不會感覺老年的迫近。他的生活是漸漸的轉入老境，不是猛然的為衰老所侵，而是經過長久的時間才漸趨於寂滅。

XII

　　反對老年的第三個理由，是老年缺乏娛樂。這真是人生的幸福啊，假使老年使我們不追求娛樂，因為那正是青春最壞的短處！好的青年啊，你們聽我說，我年青時隨昆特斯‧馬克西木斯到塔蘭特姆，聽說塔蘭特姆的大人物阿奇塔斯[1]說過這樣的話：「『自然』所賦與人最毒性的災害便是身體的娛樂，為了追求娛樂可以惹起不羈的慾念。由此可以賣國，可以亡國，可以通敵，貪樂的慾念可以迫使人做各種罪過的行為。亂倫，通姦，及類似的罪犯，都是由貪樂的慾念激起的。『自然』或神所賦與人的最尊貴的東西便是人的心靈，心靈的最大的敵人便是娛樂；慾念支配之下，節制力是無用的，在娛樂的區域內，美德是沒有立足之地的。」

　　他更清晰的解釋說：「譬如說，有一個人充分的享受身體的娛樂了。這人沉溺在娛樂當中，無疑的是不能有心理活動，凡需要理智思想的事是決不能做的。過久耽於娛

1　阿奇塔斯（Archytas）為西元前四百年左右之著名軍人及政治家，為畢達哥拉斯學派信徒，與柏拉圖友善，精天文算學。

樂便要撲滅心靈的光明，所以娛樂是最可惡的有害東西。」這是塔蘭特姆之奈阿克斯[2]向我說的，他是始終與羅馬人友好的。據他說相傳上面這一段話是阿奇塔斯和薩姆尼烏姆人龐蒂烏斯[3]談話中的一段，而龐蒂烏斯即是在考底烏姆大路上戰勝斯普里烏斯·蒲斯吐米烏斯與蒂特斯·維圖里烏斯二執政的那個人的父親。他又說當時柏拉圖也在場，[4]聽見阿奇塔斯說這一段話，後來我調查，柏拉圖確於陸奇烏斯·卡米勒斯與阿皮烏斯·克勞底烏斯做執政時來到過塔蘭特姆。

我為什麼要引證阿奇塔斯的話呢？為的是要你們瞭解，如果我們靠了智慧與理性還不能抵拒娛樂，我們便該感謝老年，因為老年能奪去我們本不該有的慾念。聲色的娛樂能阻礙思想，與理性衝突，蒙蔽心靈，決不能與美德並存的。我把陸奇烏斯·弗拉閔尼諾斯逐出元老院，那實

2　奈阿克斯（Nearchus）畢達哥拉斯派哲學家，卡圖曾居其家，並習畢達哥拉斯哲學。

3　薩姆尼烏姆人龐蒂烏斯即 C. Pontius Herennius。其子 C. Pontius Telesinus 為戰勝羅馬人者。

4　柏拉圖曾於西元前三六一年至義大利，但此時所指係三四九年之事，時柏拉圖已年八十，曾否再度至義大利，未可確定。

在是一件不得已的事，因為他是頂勇敢的蒂特斯‧弗拉閔尼諾斯的弟兄，並且七年前還做過執政。但是我終覺得貪慾終應該受懲罰的。因為他做執政的時候，在高盧宴會上受了一個娼妓的要求用斧頭殺死一個被縛的死囚。他的兄弟在我前一任做監察官的時候，陸奇烏斯居然沒有受懲罰，但是弗拉克斯與我都很不以這樣放浪的行為為然，尤其是他不但犯了侵犯個人的罪，並且累辱了國家的體面。

XIII

　　我常聽年長的人說——他們幼時又聽年長的人說——加優斯・法伯里奇烏斯到皮魯斯[1]王宮裡做大使的時候，台薩利人奇奈阿斯[2]告訴過他一段故事，據說雅典有一個人[3]自命聰敏，常常說吾人做事均宜以娛樂為鵠的。曼尼烏斯・枯里烏斯與蒂貝里烏斯・珂侖堪尼烏斯聽到法伯里奇烏斯的這段話時，就深願薩姆尼烏姆的人和皮魯斯王都相信那娛樂的學說，因為他們若沉溺於娛樂，便容易被征服了。曼尼烏斯・枯里烏斯與普伯里烏斯・德奇烏斯[4]最相友善，德奇烏斯於他第四任執政任內在枯里烏斯做執政前五年為

1　皮魯斯（Pyrrhus）自認為特洛伊戰爭英雄阿基里士（Achilles）之後裔，生於西元前三一八年，於二九五年為 Epirus 王，勇敢善戰，為羅馬人勁敵。於二七二年作戰時，被一婦人自屋頂上擲瓦中要害而死。

2　奇奈阿斯（Cineas）為皮魯斯之總參謀，曾為雅典政客及傑出演說家德謨斯特尼斯（384–322 BCE）弟子，擅雄辯，曾出使羅馬。

3　即伊比鳩魯（Epicurus）。創享樂學派，其所謂享樂，指純潔的精神的而言，西塞羅此地所論係按一般人之見解，以享樂為肉慾的感官的墮落。

4　德奇烏斯（P. Decius Mus）於西元前二九五年第四度任執政，與薩姆尼烏姆力戰而死，士卒為之激勵，卒獲勝利。

國家犧牲性命；法伯里奇烏斯與珂侖堪尼烏斯也認識他，他們根據自己的經驗和德奇烏斯勇敢的行徑，都承認有許多事業，其本身是純潔高貴的，值得令人專誠的去做，並且凡不以滿足私慾為務的人也必定會去做的。

　　為什麼我說這許多關於娛樂的話？因為老年不感覺聲色之娛的要求，不但不是老年的缺憾，反而是老年值得令人讚美之處。老年的時候固然沒有盛大的宴會，豐美的食品，常滿的酒樽；但是也沒有醺醉，積食，失眠。娛樂的引誘很大，是人所不免的，誠如柏拉圖說的娛樂是「罪惡之餌」，因為人確是如魚上鉤一般；那麼，我就要說，老年雖缺乏縱量的宴席，而在有節制的宴會裡也未曾沒有快樂。加優斯・杜哀里烏斯，[5] 是馬可斯的兒子，也是第一個在海上戰勝迦太基的羅馬人，他年老時我還是個孩子，我常看見他宴畢歸家，喜歡用一個持炬者和一個奏笛者做他的前導，他以公民而有這樣的鋪張，在當時是沒有前例的，但是他的功績使他享受許多破格的自由。

5　杜哀里烏斯（Duellius）於西元前二六○年在西西里海岸大敗迦太基人艦隊。曾用著名的俗稱「烏鴉」（Corvi）的鉤橋，將海戰轉為陸戰，屢敗迦太基人，奪下制海權。羅馬人為其建石柱紀念。

但是何必講別人？現在講我自己吧。我一向喜歡交結會社[6]的朋友。在我做財務官的時候，崇拜伊達山[7]大地之母的風氣才傳到羅馬，許多崇拜奇貝雷女神的會社都成立了，所以我常和會社的朋友聚餐，很有節制的。但在我那個年紀的時候總不免有一點狂熱，不過後來一切都漸趨緩和了。在聚會的時候我的快樂也不全在物質方面，我最大的快樂還是在與朋友歡聚談話。我們的祖先把朋友宴會喚做「公同生活」，[8]是很有道理的，表示生活的團聚比希臘文的「聚飲」「聚餐」好得多，因為這兩個名詞太把聚會的最無價值的一部分抬高，而忽略了其最美妙的意義。

6　Sodalitates 是「會社」之意，有專為宗教祭祀而設者，亦有專為政治而設者，常舉行聚餐及其他娛樂事項。其起源甚早，約創於羅馬初年，本為親族之一種組織。

7　伊達山（Mt. Ida）為禮拜 Cybele 神像之處。

8　拉丁文宴會為 convivium，有「公同生活」之意，而希臘人的相應體制則稱為 symposium（意為「聚飲」），或是 syndeipnon（意為「聚餐」）。

XIV

　　我因為歡喜談話，所以也愛「午後宴會」，[1] 不但和與我同年的人聚會，並且也和你們以及與你們年紀相彷的人來往；我是非常感謝老年，使我談話的興致加增，使我的飲食的慾念減少。如有人在飲食方面尋得樂趣，我並不反對一般的娛樂，因為這原也是人情所不能免，不過我不相信老年人對這種娛樂便絕無感覺。我很喜歡祖先遺下的風俗，在宴會時選定「主席」；[2] 斟酒之後，由首座開始談話；我也喜歡那些小酒杯，如贊諾芬在《聚飲篇》裡所描寫的那樣，斟滿露水一般的酒，夏天冰涼，冬天又溫熱。我在薩必諾的時候，我仍然歡喜到這種宴會去，每天和鄰人聚餐，必到夜深，縱談各種的事物。

　　也許又有人說，老年人不十分感覺娛樂的刺激。是的，但是老年人也不企求十分的刺激，一個人對於自己不企求的東西可能有什麼懊惱呢。有人問莎孚克里斯，年老

1　「午後宴會」，指 Tempestivis conviviis 而言，因提早宴會時間，即是縮短工作時間，放蕩之意也。
2　宴會有「主席」（magisteria）即稱 Rex convivi，或稱 Arbiter biben-di，由在座人抽籤或推舉，選定領導作樂。

之後還有沒有戀愛的事，他回答得好：「上天不准！我好容易逃開了那種事，如逃開兇惡的主人一般。」企求這種事的人若缺乏這種事才覺得苦惱；飽饜過的人若一旦解脫當更覺快樂；沒有慾念的人不會感覺缺乏，所以我認為不生慾念是最快活的事。

　　姑認青年能充分享受娛樂，但我們已說過，所享受的根本是沒有價值的事，並且老年也絕不是絲毫不能享受。恰似安必維烏斯・圖爾皮歐[3]的演劇，觀眾坐在前排的享受快樂。坐在後排的也享受快樂；所以青年觀看娛樂較為親切，所得快樂自然也較大，老年坐在遠處觀看也有相當的樂趣。

　　一個人經過了野心與情慾的追逐，爭競與仇恨以及一切情感的驅役，然後恢復本來面目享受超然的生活，那是何等的幸福呀！智識學問如要休養，閒逸的老年是最好不過的了。斯奇皮歐，你的父親的朋友加優斯・加魯斯[4]一生

3　圖爾皮歐（Turpio）為老卡圖時最著名之演員及劇院經理，常演特侖斯之劇。

4　加魯斯（Galus）於西元前一六六年為執政，長文學，尤擅天文。在一六八年第三次馬其頓戰爭的 Pydna 之大戰前，他預告將有日蝕，於是得以鎮服軍士迷信的恐怖。

從事於衡量天地。時常夜晚繪圖，不知不覺的朝陽東上；時常清晨工作，不知不覺的暮色蒼茫！他多麼高興的預先告訴我們日蝕月蝕！還有許多人從事於較不精確之工作，但亦需要敏銳之思考，其快樂又復如何？奈維烏斯著《迦太基之戰》，柏勞特斯[5] 著《野人與欺騙》，是何等快樂！我還見過老年中之梨維烏斯，[6] 他在堪多與圖地坦諾斯做執政時已寫成一劇，那是在我生前六年，但是我到成年的時候，他還活著。普伯里烏斯·梨奇尼烏斯·克拉索斯對於教律與民法之熱心，以及前幾天選為大祭司的普伯里烏斯·斯奇皮歐，我怎樣的表揚他們的工作呢？上面提到的幾個人年紀老了之後，而工作不懈。還有馬爾克斯·開台格斯，被恩尼烏斯稱為「雄辯之精華」，年老之後於公開演說時是何等激昂！宴會遊戲婦人之樂那裡能和這些人的樂趣相提並論？他們的樂趣是學問的熱心，對於有智慧與訓

5　柏勞特斯（Plautus）生於西元前二五四年，卒於一八四年。三十歲時始寫劇，據說共作一百三十齣，但只有二十一齣確係他的手筆，現僅存二十齣。

6　梨維烏斯（Livius Andronicus）約生於西元前二八五年。原為希臘人，被羅馬捕獲為奴。後被釋，以教授希臘拉丁為生，曾譯《奧德賽》為拉丁文，於二四〇年以希臘材料寫成拉丁劇，為羅馬文學之紀元。

練的人，這種熱心是與年俱進的。所以前面引過梭龍的詩句，說他年老而學問日進，那的確是有道理的；人最大的快樂當然就是心靈的快樂。

XV

　　我現在來談農田的樂趣，我從這裡得到無限快慰，這種樂趣不因老年而稍減，並且我還覺得是最適宜於哲學家的生活。因為這種快樂是和土地有關係的，如向大地銀行存款一般，永遠不能拒絕提款，並且除成本以外還要支付利息，有時利率低些，平常利率總是高的。但是我所享樂的不僅是收穫，我也喜歡土地本身，土地的性質與力量。翻鬆過的土泥把播散的麥種遮蓋了——（拉丁文「耙耕」一字原是「藏蓋」之意）[1]——把種子擁抱得溫熱了，種子便膨脹了，種子裡面便鑽出一片青葉，有鬚根支持著，漸漸成熟，便挺立在一根有節的幹上，有葉鞘包著，恰似剛長成年一般；從葉鞘裡伸出來之後，麥穗便出現了，上面有排列齊整的麥粒，還有尖銳的柵欄，防禦小鳥的侵害。

　　我為什麼還要提起葡萄的起源，種植，和生長呢？我要你們知道我老年的快樂與消遣的情形，栽種葡萄使我得到無窮的喜悅。有許多東西完全憑藉了土地的力量而生長

1　此是西塞羅之錯誤，誤以為 occaecatum，occatio 二字為同出一源，實則 occatio（耙耕）一字源出 occa，意即「耙」也。

的，一顆無花果的種子，一粒葡萄子，或其他果實樹木的種子，都能長成豐大的枝幹，這一切我可以不必提了。但是槌形切枝，接榦，分移，壓根，這不是很令人驚異悅心的嗎？葡萄的本性是下垂的，若沒有東西支持便要落到地上，但是生了無數手指一般的鬚，抓住支持的東西便立起來了；精巧的園丁怕他到處攀繞，怕他蔓延太遠變成荒蕪，便用刀子加以修剪。早春時候，每個枝條的關節處長出一個萌芽，受了土地的濕氣和陽光的薰炙，便日見滋長；最初雖然味苦，等到熟後轉變為甜；濃密的葉子包圍著，既不缺乏相當的溫度，復不虞陽光的直曬。請問還有什麼東西更美味，更美觀？

我所喜歡的並不僅是葡萄樹的實利，他的本質與栽種也是有趣的；排列齊整的棚柱，頂上還有橫梁，枝條的繫綑，壓枝的手續，冗枝的修剪，何者宜剪何者宜留，這全是有趣的。

土地之所以豐饒，由於灌溉，掘溝，與不時的耙耕，這何必要我說？在我的論農業的書裡已經提過的肥料的利益，又何必要我再說？但是關於這一件事，海西奧德[2]在寫

2　指 Hesiod 的 *Works and Days*。

他的農業書時卻一字未提。但是荷馬，我認為比他早生好幾代，描寫過拉哀爾台斯 [3] 因思念兒子遂以耕田施肥料自遣。農夫的樂趣也不限於穀田，草場，葡萄園，森林，他們也歡喜花園，菓園，牧牛養蜂，以及各種花卉。不但栽種有趣，接枝也有趣，那實在是農事中最巧妙的一件工作。

3　拉哀爾台斯（Laertes）為綺色佳王，奧德修斯之父。

XVI

　　我還可以繼續講鄉野生活的美妙，但是我覺得已經講了不少。但是要請你們原諒我，我對鄉野生活太熱心了，不免有點忘形；並且老年人的性情是喜歡多說話——我這樣說當然不是要遮掩一切的缺點。曼尼烏斯枯・里烏斯戰勝薩姆尼姆人，薩必諾人，和皮魯斯以後，便度鄉野生活，以娛暮年；他的別墅離我的很近，我每次看見他的住所便無限的欽敬這個人的樸素和他老年的精神。枯里烏斯坐在家裡火爐旁，薩姆尼姆派人給他送來一大堆金子，他鄙夷的拒絕了這個餽贈；他說：「我覺得擁有金子不算光榮，能統轄那些擁有金子的人才算光榮。」你們想這樣偉大的一個人在老年能不快樂嗎？

　　話說得遠了，再回來談到農事。古時的元老院議員（即「老人」之意）都是住在鄉下的；因為相傳陸奇烏斯・昆克提烏斯・金金那特斯[1]就是在耕田的時候，知道被選為

1　金金那特斯（Cincinnatus, 519−430 BCE）從公職退休後，隱居田園。後因羅馬與鄰國作戰失利，陷入危機，被推薦為獨裁官，來面對危機。在功成之後，立即回歸田園生活。後來又再度獲邀出來，面對國內惡化政局。同樣立即功成身退，絕不棧戀權位。在羅馬史上，他被視為羅馬政治家典範，市民品德的理想表現。

獨裁官，於是命令他的副官加優斯・塞維里烏斯・阿哈拉以陰謀稱王的罪名捕殺斯普里烏斯・邁里烏斯。[2] 枯里烏斯及其他老人都是由農舍裡被傳喚到元老院去的，所以傳達這消息的公差就叫做「旅行者」。[3] 像這樣的老年人以耕田自娛，可有什麼可憐憫的呢？我覺得農人的生活最幸福，因為不但農人的職務有益人類，並且農人生活本身是美妙的，有所收穫可以養育人生，亦可以禮敬神明。既然有些人喜歡物質的享樂，所以我也提到這一點，以示我並不反對娛樂。勤能的店主，在貨倉酒窖裡總是藏滿油酒雜貨，他的農舍裡也是豐盛的貯著豬肉，羊肉，山羊肉，雞鴨，牛乳，乳酪，蜂蜜。還有花園，農人認做是「次要的醃豬排」。暇時獵獸捕禽，可以使這些食物更加味美。

關於草場的青綠，樹木的整齊，葡萄園與棕櫚叢的美，我何必多說？我簡單的說吧。耕田得方，便最有用最美觀；老年享受田園之樂不但毫無障礙，並且特別相宜。老年在什麼別的地方可以找到更良好的陽光或爐火，或在

2　邁里烏斯（Maelius）為富民，於荒歉之季，廣囤食糧以廉價散施貧民，或竟不索值，觸當局怒，重邀金金那特斯出面處理危機，將其除去。

3　拉丁文為 viatores。

夏天找到溪邊蔭下那樣的涼爽？讓他們利用他們的武器，馬匹，槍枝，劍柄，游泳，賽跑，給我們老年人留下「骰子」好了。把骰子拿去也可以，老年人沒有骰子也能快樂的。

XVII

　　贊諾芬[1]的著作是很淵博警闢的，我願你們勤加研讀。他的那部《家產經營管理》，討論家產的調處，裡面對於農事的讚美是何等熱烈呀！為要你們知道贊諾芬是以為農務乃最合帝王身分的事業，我記起這書裡有一段故事，是蘇格拉底與克里陶布魯斯談話中講的。一位波斯王子居留士，出名的聰穎，號為賢君，有一個頂勇敢的斯巴達人里桑德[2]攜帶著聯軍的禮物到薩底斯來謁見。居留士盡禮的款

1　贊諾芬除歷史作品外，尚有三篇小品，〈論耕田〉，〈論養馬〉，〈論獵狩〉。《家產經營管理》（*Œconomicus*）一書係以對話體寫成，以蘇格拉底及克里陶布魯斯（Critobulus）為對話者。

2　里桑德（Lysander）是斯巴達海軍將領，戰術卓越，手段靈活，交好波斯大王派遣到小亞細亞坐鎮的王子小居留士（Cyrus the Younger，有別於波斯建國之主大居留士），擊潰雅典，結束婆羅奔尼撒戰爭（431–404 BCE）。但其功高鎮主，出身係屬混種，而且企圖改變斯巴達政體以利奪權，不見容於嫉妒其成就的斯巴達國王，最後被邊緣化，不受重用，於西元前三九五年哥林斯戰爭中戰死。小居留士則是在西元前四〇一年率領希臘傭兵，前往巴比倫與繼承波斯王位的兄長爭奪，在首都附近被遇害，留下一支群龍無首的希臘軍隊。這些人最後在贊諾芬率領下，回歸希臘。

待來賓，特請他參觀一個精美的花園。里桑德讚嘆樹木的雄壯，行列齊整，土地修潔，百花芬芳四溢，最後說道：「我不但驚服這種佈置之佳，我還佩服設計的那個人的匠心。」居留士回答說：「就是我設計栽種的；佈置排列全是我的成績，有些樹還是我親手栽的。」里桑德凝視著國王的紫袍，豐采堂皇，服飾裝著無數金子和寶石，說道：「居留士，怪不得人們說你幸福，因為你又有幸運又有美德。」

老年人是可以享受這種幸運；許多事業並不因年老而生阻礙，尤其是耕田一項，老年人可以從事以至於死。例如，傳說瓦雷利烏斯・考爾維奴斯 [3] 晚年就是住在鄉下耕田，繼續這種生活一直到他一百歲。他第一任執政與第六任執政之間有四十六年的距離。所以我們祖先所認為的「老年」開始之後，他才過他尊榮的生活；他的一生最後一段比中年還快樂，因為他的威望較大而勞苦較少。

威望是老年最高的光榮。陸奇烏斯・開奇里烏斯・美台魯斯的威望多麼大！奧魯斯・阿提里烏斯・卡拉提奴斯

3　考爾維奴斯（Corvinus）於西元前三四八年為執政，於二九九年第六次為執政，中間共四十九年，非四十六年，西塞羅誤。

的威望又是多麼大，他有這樣的一個墓銘：

「睡在這裡的人，大家都說：

他是全國最優越的一個人。」

這墓銘全文之所以為人傳誦，正因為這墓銘是在他的墓上。大家對他的譽揚是一致的，他的威望真可以說是大了。大祭司普伯里烏斯·克拉索斯和他的繼任者馬爾克斯·來皮杜斯都是何等大人物！鮑魯斯，或阿非力加奴斯，或才說過的馬克西木斯，還要我再說嗎？這些人不但是在表示意見的時候是有權力，隨便點點頭都是有力量的。享受尊榮的老年，聲勢煊赫，比起青年時的一切娛樂是有價值得多了。

XVIII

　　但是你們要記住，我所讚美的老年，完全是指著在青春打好基礎的老年而言。所以凡是需用言辭辯護的老年，那一定也是一種狼狽不堪的老年——這話該是大家都承認過的。皺額白髮並不足以忽然毀壞一個人的聲勢；光榮的一生在終了時帶來威望的結果。有許多事雖然瑣細，不關重要，然而也正是榮譽的徵記——受人敬禮，被人求見，令人避讓，使人起立，有人陪伴過街，夜晚護送回家，並有人徵詢意見——這是我們奉行惟謹的儀節，其他風俗良好的國家也莫不皆然。我方才說過的里桑德爾，據說也說過在斯巴達老年最受尊視，因為沒有地方比斯巴達更尊敬老年的了。例如，相傳有一老人走進雅典劇場，雅典人眾沒有人起來讓他座位；但是他走到斯巴達人的座位的時候，他們是有特定的座位的，因為他們是客，他們全體立起來了，請他入座。觀眾不斷的喝采，有一個斯巴達人就說了：「這些雅典人知道什麼是禮貌，但是自己不去做。」

　　我們的「卜人院」也有許多很好的風俗。我們現在最感興趣的是，在辯論時依年齡之長幼定發言之先後，雖官

職較高，或甚至擁有指揮權者，[1] 亦須讓年長者有優先權。有什麼身體上的快樂可以和這樣德高望重的報酬相比？善用這種報酬的人就和技巧的演劇員一般，排演人生的戲劇至終不懈，而無訓練的演員到最後一幕才疲倦潦草。

有人說老年乖謬易怒，多煩惱，難伺候；但吝嗇之人亦是如此。但這是人品的短處，不是年紀的短處。性情乖謬及其他的短處尚有理由，雖然理由不充分，卻也是可以令人承認的，那就是老年人自以為被人鄙視輕蔑的緣故；並且身體孱弱之後，最輕的打擊也要使人苦痛。不過人若有好的品格和教育，這些短處都可以改善的，這種情形實際上是有的，尤其是《兩兄弟》[2] 一劇中的那兩兄弟，更是好例證。兩兄弟中，一個的脾氣是何等尖刻，一個又何等和平！所以真相是這樣的！並不是每種酒都會變酸，所以也並不是每人的性格到老年就都變酸。我贊成老年人要嚴厲，但是需要和別種事業一樣有節制；但是乖戾，我不贊

1　「指揮權」（imperium）是擔任執政、副執政時被人民授予的最高行政特權，有權召開公民大會，主持元老會議，帶兵出征，握有生殺大權。其前行的儀杖衛隊（lictors），手持稱為「法西斯」的斧鉞棍棒，即代表其懲罰處決的權威。

2　《兩兄弟》（*Adelphi*）係特侖斯（Terence, 195－159 BCE）作劇。

成。至於老年貪吝，我真不知其是何居心，一個旅行者快走到路盡頭而還願加重他的行囊，天下還有比這更蠢的事嗎？

XIX

現在還有第四個理由要討論——這好像是最足以使我們老年煩惱的——離死已近；實在離死是不遠了。一個老年人活了一世而還不知道死是無足重輕，這個人是多麼可憐！死是不足介意的，假如死能毀滅生命；死也可以說是可愛的，假如死能領導靈魂到永生的境界。此外當然沒有第三條路。我死後或是幸福或是不幸福，那麼我又有什麼可怕呢？一個人縱然年青，能夠糊塗到那種地步，以為確有把握到晚上準還活著嗎？不，青年比老年還更容易遭受死亡的變故；青年容易染病，他們的苦痛格外劇烈，其醫療格外困難。所以很少人能活到老年，若是情形不如此，人應該更聰明更良好的享受一生了。老年人最富於理性與判斷，老年若沒有這些特點，國家也就不會存在了。

我再回來談到迫臨著我們的死。青年也會死的，這怎能算是老年的缺憾呢？死是對於任何年紀的人都常有的，這點道理自從我的愛子死後我完全相信了，你也應該相信，斯奇皮歐，你的兩個兄弟正在有希望獲得國家的最高的尊榮的時候短命死了。[1] 你們也許說，青年人有希望活得長久，而老年人沒有這個希望。這樣的希望是傻的，以不定之事認做有定，以錯誤當做真理，這不是最傻不過的事

嗎？又有人說老年連可希望的事都沒有了。但是老年還比青年幸福，因為青年所希望的，老年都已得到了；青年希望活得長，老年已經活得長了。

天喲！人生中有什麼是可以長久的呢？假使有頂長的壽命，能活到塔台蘇斯[2]的國王那樣的年紀——我從作品裡得知卡迪茲地方有一個人名叫阿岡陶尼烏斯，做了八十年的國王，活了一百二十歲——但是究有一個終點，我覺得算不得長；終點到時，一切都消滅了；只有善行的果才能長留永在。年，月，日，時，都過去了，不能復返，至於將來，是我們所不可知的，所以我們活著的時候無論有多麼長久，我們要知足吧。

譬如戲劇演員，只要在演自己那一部分的時候得到觀眾激賞便夠了，用不著每幕都上臺；所以聰明的人也用不著停留在人生的舞臺上，一直等到最後的幕落。[3] 短短的一

---

1 愛美里烏斯・鮑魯斯的兩個兒子，分別在鮑魯斯戰勝馬其頓王五日前及在戰勝後三日死去。

2 塔台蘇斯（Tartessus）在西班牙南部，其主要城市為卡迪茲（Cadiz）。

3 原文 plaudite 一字，原是「喝采」之意，但照例每劇煞尾總以此字結束故實即「幕落」、「終點」之意。

生也足夠體面的過活；若是壽命稍長，我們也不該比農夫更感悽愴，因為青春已過，夏秋將至。春天是青年的象徵，對於將來的結果是抱有希望的；其他的季候是用做收集果實儲藏收穫的。

老年的收穫便是從前努力所得幸福的回憶。並且，凡是合於自然之道的全是好的；人老而死，還有什麼比這更自然？但是同樣的命運也會降到青年身上，雖然這是極與自然牴觸的。所以一個青年的死，時常使我想起烈火被巨浪撲滅；而老年人的死，則是不藉外力的自行消滅，因為燃料竭了；恰如蘋果青時，從樹上摘下來是費事的，但是熟了自然落地，所以死對於青年是暴奪，對於老年是成熟。我覺得成熟之死是快樂的。所以我越走近死，我越感覺到如同一個人長期航海之後終於望見土地快要回到家鄉港裡。

XX

老年沒有固定的期限，所以老年可以善用他的生活，只消他能盡他相當的責任而不怕死。因此老年可以比青年更活潑勇敢。暴君皮西斯特拉特斯[1]問梭龍道：「你何所倚恃，竟這樣勇敢的反抗我？」梭龍回答說：「老年。」人最好是在頭腦清楚感官健全的時候死，「自然」拼湊成的一個人，仍由「自然」來拆散。建築家親自建築的房屋或船，他自己拆除是很方便的，所以「自然」來拆毀她自己的創造物「人」，也是極合適的。新建的房屋是不容易摧毀的，但是經過風吹雨打的老屋子是容易坍下來的。

所以老年人既不該過度的留戀殘生，亦不應無故犧牲他的生命。[2] 畢達哥拉斯命令我們若不經我們的神明長官的

---

1 Peisistratus 是梭龍後的雅典「僭主」（tyrant）。他雖以違法方式奪得政權，但力行改革，打破貴族壟斷權力，積極建設，推動尊崇雅典守護神雅典娜的「泛雅典娜祭」以及尊崇酒神戴奧尼索斯的「酒神祭」，使雅典逐漸在希臘世界扮演主要角色，在文化上日益重要。後來因為其後代與波斯勾結，而且民主政治蔚為風尚，這一度頗受歡迎的仁慈獨裁僭主，便受到極度貶抑，並留下惡名。
2 斯多亞派思想認為在某種必要的情形之下自殺是合理的。

命令，不可輕易拋棄我們在生活上的崗位。智者梭龍有過一聯詩句，表示他不願在死時而無友朋哀悼。我想他是願意朋友對他親愛的意思，但是我以為恩尼烏斯說得更好一些：

「誰也別用眼淚向我敬禮。

或是圍著我的棺架哭泣。」

他以為死後便是永生，所以死不是該被哀悼的一件事。

死的時候也許是有一種感覺的，不過那是很短的一剎那，尤其是老年人；死後的感覺是快樂的，或竟沒有感覺。但是在青年時就要練習做如此想，才能對死不介意，若沒有這種練習，沒有人能有寧靜的心境。我們是一定要死的，說不定就許是今天晚上。死是隨時環伺著我們，所以若是怕死，心裡如何能夠安寧？關於這一點用不著長篇的討論，當我想起——不是為解放國人而被害的陸奇烏斯‧布魯特斯；也不是那視死如歸的兩位德奇烏斯，也不是那離家受苦以維持對敵人的信義的馬爾可斯‧阿提里烏斯‧來格魯斯；[3] 也不是那兩個以身體去阻擋迦太基人進軍的斯

---

3 來格魯斯（M. Atilius Regulus）兩度為執政，被迦太基所捕獲，遣回羅馬交換俘虜，但他勸元老院毋行交換，自甘情願的仍照原約回到迦太基為囚。

奇皮歐；也不是，斯奇皮歐，你的祖父陸奇烏斯‧鮑魯斯他在坎奈[4]羞辱的敗戰時，犧牲了性命，來為同僚的失職贖罪；也不是馬爾克斯‧馬開魯斯，[5] 即是他最殘酷的敵人也不能不厚禮葬他——而是當我想起了我們的軍隊，我在我的《古史》裡已經記載過，羅馬軍隊時常快樂的勇敢的走進自知不能否生還的死地。所以青年人都不怕的一件事，不但是沒受過教育的人不怕，鄉下蠢夫也不怕，而有學問的老年人反倒會怕了麼？

至少我總覺得，做事貪的人才貪生。有許多事是童年時做的，青年人可覺得留戀嗎？青年也有青年做的事，成年的中年人需要做嗎？成年人也有許多事是老年所不要做的。最後有些事是適於老年的。所以早年的快樂與事業有

4　西元前二一六年坎奈（Cannae）戰役發生在義大利東南方海邊，是羅馬有史以來犧牲人數最多的挫敗，是漢尼拔遠征義大利功業的顛峰。率軍的執政之一鮑魯斯當場戰死，而同僚伐洛（Varro）棄職逃命，但被元老院原諒，因為他沒有因為戰敗，而「對共和國絕望」。此處提及贖罪，其根據不明。但小斯奇皮歐‧阿非里加奴斯這西塞羅的偶像政治人物為其後代。
5　馬開魯斯（M. Claudius Marcelius）五度為執政，屢著戰功，號為「羅馬之鎗」，後遇伏死。

消逝的一天，老年的快樂與事業也有消逝的一天；到了這一天這個人的生活算是滿足了，死的時機算是成熟了。

XXI

我覺得我應該告訴你們我對於死的感想；因為我離死較近，所以看得較清。斯奇皮歐，你的父親，還有賴里烏斯，你的父親，兩個頂超卓的人，都是我的好友，我相信他們倆都還活著，並且只有那樣的活著才配稱做生活。我們被關在這肉體的牢獄裡的時候，我們是迫於不得已而勞苦工作，因為我們的靈魂本是天上的東西，降落地下，當然不合於其神聖而永恆的本質，但是我想上天所以驅使靈魂入於肉體，正是要有人料理這個塵世，同時再以天上的風光貫徹到人生裡來。我並非完全是靠了理性與推論才得到這個信仰，我還是根據了第一流的哲學家的權威與聲望呢。

我常聽說畢達哥拉斯及其門徒——他們可以說是我們同國的人，因為從前他們也號稱為「義大利哲學家」[1]——從不懷疑我們的靈魂是「宇宙神心」所分出來的。蘇格拉底是阿波羅神壇所認為最有智慧的人，他在死前一天發表過關於靈魂不死的議論，我也研究過了。何必還多說？這

1　畢達哥拉斯在義大利南都之克羅東講學，故名。

是我的感想，這是我的信仰——靈魂既是如此神速活潑的東西，能記憶過去，能推測未來，能通解藝術科學，能有如許之發明，既如此之廣大無邊，其本質一定是不死的。靈魂既是永久活動，並且是自動，所以靈魂也永遠沒有終止，因為靈魂不會拋棄其本身。靈魂既是純粹，無雜質或異質攪於其間，所以靈魂也永遠不會分散，既不會分散，當然不會消滅。小孩子學習很難的事物，很快的就學會，好像是不是初次學習，而是喚起過去的記憶一般，這就是絕好的理由證明人的許多知識是在有生以前就有的。這大致也是柏拉圖的遺教。

XXII

　　贊諾芬的書裡也記載過，[1] 大居留士臨死時說過這樣的話：「親愛的兒子們喲，你們不要以為我離開你們之後便不存在了。我和你們在一處時，你們看不見我的靈魂，但是你們看我所作的事業，可以知道我的肉體裡是有靈魂的。所以你們還要繼續相信我的靈魂是還存在，雖然你們看不見。名人死後也就沒有美譽了，假如他的靈魂不能使我們繼續追念他。我從來不相信靈魂在軀殼裡面便是活的，離開軀殼便是死的；我也不相信靈魂離開那本不能思想的屍身便不能思想，我以為靈魂脫離肉體之後，便更純粹光明，這才能說是有智慧。人死之後，肉體各個原質消滅到什麼地方去，那是顯而易見的；因為肉體原來是什麼物質組成的，死後還歸到那種物質去，惟獨靈魂是看不見的，在軀體裡的時候不可見，離開軀體時仍不可見。並且死是最像睡眠；身體睡眠的時候，靈魂才能最清晰的表現它的神質；因為靈魂在自由而無桎梏的時候便能查知未來的事物。所以靈魂離開肉體的桎梏之後的情形，我們可想

1　　引自 *Cyropædia* 卷八，西塞羅未引原文，只錄其大意。

而知。假如我說的不錯，你們要追念我如追念神一般。在另一方面，假如我的靈魂與身體同朽，你們是敬神的，奉神為宇宙主宰，你們也該以親愛虔誠之意來紀念我。」

XXIII

以上是居留士臨終的見解。假如你們願意，我說說我的吧。

斯奇皮歐，你的父親鮑魯斯，或你的兩個祖父鮑魯斯與阿非利加奴斯，或阿非利加奴斯的父與叔，或其他的名人，無須列舉，這些人若不是知道後人會紀念他們，誰也不能令我相信他們會做下那些令後人景仰的豐功偉績。我說句老年自誇的話，我若是知道我的名譽是以這塵世一生為限，你們想我肯在國內國外不分晝夜的勤勞嗎？我與人無爭的過一個逍遙平靜的生活，豈不更好嗎？但是我的靈魂總是敏捷的向著後世展望，好像是明明知道靈魂一離開生活之後，便可自由生活。如果靈魂不是不死的，那麼一般偉人便不會努力去求不死之光榮。但是最聰明的人能最從容的去死，最蠢的人最捨不得去死，這又是怎麼解釋呢？這就是因為聰明的人有銳利遠大的眼光。知道死後靈魂要到一個更好的國土，而蠢的人眼光混濁，什麼也看不見，這道理你們還不明白嗎？

斯奇皮歐，我現在很想見你的父親，還有，賴里烏斯，你的父親，他們都是我所敬愛的；我不但想見我認識的人，凡我所聽說過的，著作經我讀過的，我寫過的，我

都想見。我動身去見他們的時候，當然沒有人能容易的把我拉回來，或如一個排里阿斯[1]一樣把我煮一回。無論那個神仙允許我返老還童，重新在搖籃裡去哭，我也要嚴加拒絕；因為我在跑場上跑過之後，便不願再從終點被召還到起點。[2] 因為生活可有什麼好處——或者說，什麼麻煩是生活裡所沒有的？即使認定生活有很大的好處，但亦必永無滿足與結局。我並不如一般人，甚至有學問的人那樣，詛咒人生；我既生了，我也不悔，因為像我這樣的過了一生，也不算是虛此一生了，我離開人生好像是離開旅館，不是離家。「自然」所給我們的，是一個暫住的旅館，不是久居的。

啊！那光榮的一日啊！我若能去和天上靈魂相聚，而離捨這個罪惡爭擾的世界！因為我一旦死去，不但可以去和上文講過的人去廝會，還可以去見我死了的兒子卡圖，

1　米底阿（Medea）為著名巫者，曾刀割伊孫（Aeson）肉體煮之，使返老還童。排里阿斯之女，亦依照米底阿之意，割煮之，結果慘死。西塞羅將此兩段故事混為一談，故誤。

2　拉丁文「起點」為 carceres，其意乃一排小屋，約十二間，內藏駕馬之賽車，賽令一下，奴隸開門，則眾車飛奔而出。「終點」拉丁文為 calce 意為「粉線」，所以示終點也。

他是人間最好最孝的一個人。我的身體應該是由他來焚化的，但是我卻先焚化了他的身體；但是他的靈魂必不遺棄我的，必定是先去到了那個他知道我早晚也必去的地方。人們說我勇敢的忍受了兒子的死──我並非是心裡不難受，實在是我想到我們的離別必不甚久，所以時常得到安慰。

　　為了這些理由，斯奇皮歐，所以我不覺老年煩惱（因為你們說是這使你們驚訝的），不但不以老年為可厭，並且還覺得幸福。如果我認靈魂不死是錯誤的，我情願這樣錯下去，不願在活著的時候將這使我快樂的錯誤強奪了去。但是如果我死後便無感覺（如不值一提的哲學家所說），那麼我也不必怕那些哲學家死後訕笑我了。假如我們的靈魂不是不死，那麼在相當時期死去也是很好的事。一切事物，「自然」都給予一個界限，所以生命也有界限。並且，老年是人生最後一幕，我們已經活夠了，再活下去就要厭倦了，我們也應該逃去才是。

　　我的朋友們，這便是我對於老年的見解。願你們都能活到老年，便能以經驗來證實我所說的真理了。

BOOK II
Laelius De Amicitia
卷二　論友誼

LAELIUS DE AMICITIA
論友誼

譯者序

　　《論友誼》一文約作於西元前四十四年之秋季。確期已不可考。此文也是獻給阿蒂克斯，詳見前篇序。

　　在西元前九十年，西塞羅年十六歲，他的父親引他贊見卜人斯凱渥拉，學習羅馬法律。於八十八年之際，羅馬內戰起，在這個時候羅馬老法家斯凱渥拉把當初賴里烏斯向他談過的關於友誼的話講給西塞羅聽。而賴里烏斯的議論又是從小斯奇皮歐・阿弗里加奴斯那裡聽來的。

　　本文談話的時候是西元前一二九年，正在斯奇皮歐死後數日。談話者共有三人，即是賴里烏斯和他的兩個女婿，一個是斯凱渥拉，一個是范尼烏斯。斯凱渥拉生於西元前一二一年，活到八十八歲，博學善辯。范尼烏斯比他稍長，但娶了賴里烏斯的幼女，著有《羅馬史》。

　　篇中引用柏拉圖、亞里士多德的思想之處甚多，又據

說西塞羅寫此文時所最借重的是提歐弗拉斯特斯（Theo-phrastus）的一部共有三卷的《論友誼》的文章。惜該文現已失傳。無論如何，西塞羅《論友誼》之詳盡透徹，是古今所沒有能比擬的了。

I

卜者昆特斯・木奇烏斯・斯凱渥拉常常很精確、很有趣的講述他的岳父加優斯・賴里烏斯的故事，並且每次講到他，總喚他做「哲人」。我自從成丁的時候，[1] 我的父親就把我送到斯凱渥拉那裡去，只要他願意，我便永久的不離這老人的身畔。他的深邃的意見以及簡鍊的言談，我常暗自習誦，很焦急的想藉他的學問增進我的智識。他死了之後，我又追隨大祭司斯凱渥拉，此人我認為是在學問品行上都是全國最傑出的人。這是後話，現在先說那位卜者吧。

我記得他一生許多的事情，最可紀念的是有一天他坐在他的半圓椅上，只有我和他的幾個親近的朋友伴著他，他偶然提起了一件一般人都在議論著的事。阿蒂克斯，你和普伯里烏斯・蘇爾皮奇烏斯是很熟的，你總該記得吧，護民官蘇爾皮奇烏斯與執政昆特斯・邦沛依烏斯互相齟齬，拋棄了多年友誼，成為死敵，這消息傳出之後，人民是何等的驚訝憤慨呀！斯凱渥拉這一天偶然提起了這件

1　「Toga virilis」，成人之長袍也，羅馬慣例，十四歲後之青年始著之。

事，於是便講給我們聽，當初賴里烏斯對於「友誼」的議論，那是於阿弗里加奴斯死後數日向他及另一女婿加優斯・范尼烏斯（馬爾克斯之子）說的。這一段議論我大致都可以背誦了，現在我自由的撰述，做為這一卷書；我使書中人物自己現身說法，免得重複「我說」或是「他說」等等字樣，並且可以表現出他們親自發言的神情。你屢次要求我寫一點關於友誼的文章，我也覺得這題目頗值得一般人的研究，而又切合於我們兩個的私交。所以我很願意答應你的請求，公之於世。我在寫給你的那卷《論老年》的老卡圖裡，曾把卡圖老人當做主要的發言人，因為我以為他是最適宜於談論老年的一個人，他自己是很老了，並且比任何人都有更亨通的老運；我們既然聽聞祖上傳說，加優斯・賴里烏斯與普伯里烏斯・斯奇皮歐是有親密的交情的，所以我覺得賴里烏斯是一個最適宜於講解友誼的人，而他的議論又正好是斯凱渥拉所領教過的。這種談話體裁的文章，借重古人，並且古代名人，也可以使得文章更有力些。我讀我那卷《論老年》的時候，就覺得是好像卡圖在說話，而不是我自己。在那卷書裡我寫的是一個老人對另外一個老人談論老年；在這卷書裡我要寫的是一個親愛的朋友對一個朋友談論友誼。在前書裡發言者是卡圖，在當時很少人比他年紀大，比他更聰明；在本書裡論友誼的

是賴里烏斯，他是一個有智慧的賢者，出名的有過光榮的友誼。請你心裡暫且忘掉我，只當做是賴里烏斯在講話。現在是阿弗里加奴斯死後不久，加優斯・范尼烏斯與昆特斯・木奇烏斯・斯凱渥拉來到他們的岳父家裡，他們開始談話，賴里烏斯作答，他的全部議論是描寫友誼的，你讀下去的時候，你一定可以看出你自己的寫照。

II

范尼烏斯：賴里烏斯，你說的不錯；因為實在是沒有人能比阿弗里加奴斯更優越著名了。但是你要注意，現在世人對你注目，認你為智慧的「哲人」。最近[1]這個徽號是給了馬爾克斯‧卡圖，而當初在我們的父親的時代，陸奇烏斯‧阿奇里烏斯號稱為「哲人」，但是這兩人是不同的：阿奇里烏斯是因為精通民法，卡圖是因為經驗宏富，並且許多次在元老院裡和法庭裡表現出敏銳的遠識，堅強的行為，鋒利的答辯，所以到了老年才能獲得「哲人」這個姓氏。但是你呢，一般人稱你為「哲人」是另有緣故的，不但是因為你有智力與品行，而是因為你受過好的教育，他們把這個名詞應用到你的身上，不是像一般愚人那樣亂用的，是像那些有學問的人那樣謹慎的使用。在這種意義之下，全希臘也不過只有一個人配稱做哲人，[2]這個人是經阿波羅的神諭判為「最智慧的哲人」——仔細的批評家都不承認當時所謂的「七賢」能儕於「哲人」之列。據

1　卡圖死於西元前一四九年，故范尼烏斯所謂「最近」，實二十年前也。
2　即蘇格拉底。

一般人觀察，你的智慧是這樣的；你認定你的一切的行為都是靠你自己來決定，並且美德優於一切財富。所以常常有人問我，大概也問過你，斯凱渥拉，對於阿弗里加奴斯之死，你是怎樣忍受的？這一問也是當然的，因為上月初七[3]我們卜者照例的在布魯特斯的鄉下家裡開會，你沒有到會，而你平常一向是留心準時到會的。

斯凱渥拉：賴里烏斯，確實像范尼烏斯所說，也有許多人問我，我是根據我的觀察來回答的，我說你對於這位名人兼密友的死去，是頗能節哀。你當然不能不哀慟，因為那未免太不合於你的懇摯的天性；不過你所以沒有到卜人院的例會，那是因為疾病，不是因為悲傷。

賴里烏斯：你回答得很好，斯凱渥拉，並且很確實；因為我身體好的時候絕不會曠誤我的職務，一個意志堅強的人也絕不會荒廢他的職務。范尼烏斯，至於你所說的大家誇獎我的那些優點，我卻不敢自承，亦不敢希冀，我只銘感你的好意；不過我覺得你對於卡圖的讚美還嫌不夠似的。我以為較佳的觀察是世界上就沒有聰明人，如其有的

3　原文 Noṇae 即羅馬曆法三月、五月、七月、十月之初七日及其他各月之初五日。為卜人院例會之期。

話，那便是他。別的證據不必講，只看他對於他兒子的死是如何忍受的！[4] 我記得鮑陸斯，我也見過加魯斯，他們的兒子是在幼時死去，而卡圖的兒子是在中年並且已享有名譽時死的。所以，即是你所說的阿波羅所判為最智慧的哲人，你也不要把他看做在卡圖之上。因為一個是品行出眾，一個是言語超群。至於我自己，請你們靜聽我的話吧。

4　西塞羅讚美能節制情感的父母，但寫本文一年半前其獨女死，卻倍極悲傷。

III

　　假如我說斯奇皮歐之死沒有使我怎樣的悲傷，那些「智慧」的人們當然可以判斷我這種行為是如何的正當，但是那我實在是說謊了。這樣一位永不能再有的朋友的死亡，使我很受感觸；這樣的朋友在以前也是唯一無二的。不過我也有救濟的法子，因為我有一種安慰，普通一般人因喪失朋友而悲愴的那種錯誤，我是沒有的。因為斯奇皮歐死了不會受罪的，他死了只是苦了我。為自己的苦楚而十分悲傷，那簡直是表示不是愛朋友而是愛自己了。

　　誰能否認他一生都是順利的？除了長生不死之外——這也是他絕不會起的念頭——哪一樣凡人類所該願望的事他沒有做到？他在兒童時聰慧絕倫，已為國人所屬望，後來果然在青年的時候便飛黃騰達，超出國人的預望。他從不競逐執政，但曾兩度被選，第一次被選是在他沒有到法定年齡之前，[1] 第二次是在對於他適宜的時候，但從國家來設想，這第次幾乎太晚了。[2] 他摧陷了做為國家勁敵的兩座

1　斯奇皮歐於西元前一四七年初選為執政時，年三十八歲。
2　斯奇皮歐又於西元前一三四年被選為執政，使圍攻奴曼蒂亞，羅馬興師八年不利，至是始告凱旋。

城池，不但結束了當時的戰爭，並且防止了後來的戰爭。他和藹的態度，對母親的敬愛，對他的姊妹的慷慨，[3] 對族人的慈愛，對國人的公正，這還用我說嗎？這是你們知道的。從他殯葬時的哀悼的情形，便可知道國家是何等的倚重他。那麼，他即使再多活幾年，又能多些什麼呢？老年固然並不使人難堪——我記得卡圖死前那一年對斯奇皮歐與我談話中是這樣主張的——但是多少會減少一點斯奇皮歐至死不變的那種英銳之氣。

所以他的一生可以說是幸運與名譽都不能再增加什麼了；並且他的驟逝還可減去死的感覺。他的死狀是很難講的，你們知道一般人是如何猜測。[4] 不過我可以說，在他一生許多的快樂的日子當中，無日不在熱烈的群眾擁護著，而最快樂的一天卻是他死前的那一天，那天元老院散會之後，送他回家的有元老院的議員，羅馬民眾，和拉提烏姆的人們，所以他是從人間極樂的境界突然的超昇到天上，而不是降落在陰間。

---

3   斯奇皮歐的生母被離婚，斯奇皮歐遂以其繼承養祖母所遺之產業奉其母，後母死，又轉贈其姊妹。

4   斯奇皮歐為反對土地法在元老院與卡爾波劇烈辯論後，群眾擁之歸家，翌晨死於床上。西塞羅認作是卡爾波謀殺的。

IV

　　近來有人說靈魂是與身體同時死的，一切的東西都能被死所消滅，這話我不贊成。我相信舊時的主張，或是我們祖先所主張的。他們很注意祖先崇拜，如果他們以為那些儀式對死者完全無關，他們必定不做那種舉動。我也信古代哲人所主張的，[1] 他們住在這個國土裡，宣達教化到大希臘，可惜現在這個學派完全絕傳了。我也信阿波羅神諭認為最智慧的那個人所主張的，他對一般的問題雖然有時這樣主張，有時那樣主張，但對於靈魂是神聖的這一點是始終一貫的：靈魂離了軀殼便可以歸到天府。如果靈魂是有美德而公正的，便可一直的順利的昇天。這些主張是我確信的。

　　斯奇皮歐也是同此信仰，因為他在死前數日，當著菲魯斯，曼尼里魯斯，還有幾個別人（你也在那裡，斯凱渥拉，你是和我同去的），好像預知將要死似的，暢論國事三天。每次談話結果總是歸到靈魂不死，他所根據的理由據他說是在夢中聽見老阿弗里加奴斯說的。如果好人的靈魂在死後最容易脫離肉體的桎梏，誰能比斯奇皮歐更容易

1　即畢達哥拉斯學派，西元前五世紀創於義大利之克羅東。

昇天？所以我想若是對於他這樣的命運發生悲傷，那實在是嫉妒，不是友愛了。反過來說，如其靈魂與身體同滅，那麼死既沒有什麼好處，當然也沒有什麼壞處了。因為一個人若是失了感覺，其結果是和沒有出生一樣；但是斯奇皮歐既然是已經生了，這件事實對我們應該是一件喜事，國家也應該永久的引為一種榮幸。

所以他的一生是很好了，其實我還不如他，因為我比他早生，我也應該比他早些脫離這個生活才是。不過我回想起我們的友誼我也就覺得我的生活是快樂的了，因為我的生活是和斯奇皮歐一同消磨的，我的公私事務都有他來幫助，我和他住在一所房子裡，一同出去從軍，享受了一切友誼的精粹——主張相同，事業相同，意見相同。所以方才范尼烏斯提起的我智慧的名聲，我倒不覺得因此而怎樣快樂，我本來也不配有這樣的名聲，我自己認為快樂的只是希望我們的友誼的回憶能永久存在；我非常喜歡這樣的希望，因為全部歷史裡也不過提到了三四對這樣的朋友，[2] 我希望斯奇皮歐與賴里烏斯的友誼也能在這種史蹟當

2　三對最著名的朋友是 Theseus and Pirithoüs，Achilles and Patroclus，Orestes and Pylades。至於第四對，西塞羅大概是指 Damon and Pythias。

中傳諸後世。

范尼烏斯：那一定是會這樣的，賴里烏斯。不過你既提起了友誼，我們今天也沒有什麼公事，我想斯凱渥拉一定也贊成，請你按照往日喜歡應對問題的辦法，給我們講解友誼的性質，和你對友誼的意見吧。

斯凱渥拉：我當然很贊成。我也正想作同樣的請求，卻被范尼烏斯搶先說了，你若答應我們，我們都很願意的。

V

賴里烏斯：如果我自己覺得有把握，我是很願意談談這個問題的，因為這個題目是一個很高貴的題目，並且恰如范尼烏斯所說，我們也正沒有公事。但是我是什麼人？我有什麼本領？[1] 你所提議的原該是哲學家的事，尤其是希臘人最擅長這一道，無論問得多麼倉卒他們也能談得議論風生。這是很難的一件事，需要長期的練習。所以要盡情的討論友誼這個問題，我勸你們向有那種本領的人去領教；我所能做到的只是教你們知道友誼是人生最要緊的一件事；因為人無論在處順境或逆境的時候，友誼是最合於人性的，最有幫助的。

我認為第一個根本原則——只有好人彼此之間才能有友誼產生。但是我所謂好人，我並沒有苛求的意思，我不像那些擅長議論的人們，他們的議論非常精細，正確但不切實際，因為他們以為只有智慧的人才能算是好人。這一點我們本可以承認：但是他們認定智慧是一件凡人所尚未

---

1 臨時命題，而能從容不迫的談論，是詭辯派學家、修辭學家及新學院哲學家所擅長的一種本領。

能得到的東西。² 我的看法是根據日常的生活經驗，不是幻想或希望。我們的祖先所認為智慧的人，如加優斯・法伯里奇烏斯，曼尼烏斯・枯里烏斯，提貝里烏斯・考侖加尼烏斯，我從不信這些人之所以成為智慧者是根據了那幻想的標準。所以，那些詭辯神祕的哲學由他們去講吧，只要他們承認上述諸人都是好人，那就夠了。但是他們連這一點都不肯承認，他們說只有智慧的人才能算是好人。我們還是如俗語所說「不揣譾陋」的自行解釋吧。凡是生活行為不悖於忠誠正直公平慷慨之道，不為感情意氣所驅使，並有堅強之品格，如上述諸人那樣，此等人我們都可認做是好人，他們的生活也可以說是好的，因為他們是盡力之所及的順從了「自然」，而「自然」又是生活最好的嚮導。

我以為人生於世，便自然的有一種相互的關聯，彼此愈接近則關聯愈牢固。所以同國的人就比外國人為親近，親戚³ 便比生人為親近，因為常相接近的人自然可以產生友

2　斯多亞派哲學家所稱「智慧的人」，乃一種理想，只有極少數的人，如蘇格拉底，庶幾近之。

3　原文 Propinquitas 亦可解做「鄰人」，「國人」，及「親戚」。

誼，不過此種友誼不一定是持久不變的罷了。友誼勝過親戚的關係，因為親戚可以是沒有感情的，而友誼則決不能沒有，友誼而沒有感情便不成其為友誼，而親戚沒有感情卻依然是親戚。並且友誼的力量之大從另一方面可以很清楚的看出來，友誼比別種的自然所生的人類團結精神不同，友誼永遠是以全副力量集中在兩人之間或極少數的幾人之間。

VI

　　友誼的意義便是對於人事及宗教各方面完全能有一致的意見，彼此並須有敬愛之意。我以為除了智慧之外，友誼要算是天神所賦與人類的最好的東西了。有些人喜歡財富，有些人喜歡健康，有些人喜歡權位，有些人喜歡名譽，更有些人喜歡感官的娛樂。最後一種是獸類的要求，其餘的各種也都是脆弱無常的，大半要由天命來決定，非人力所可強求。有人以德行為至善，這當然是很高超的見解；但德行即是產生友誼保護友誼的，沒有德行友誼便不存在了。我們現在用日常生活及日常語言來解釋「德行」這個字，不用一般哲學家的精確的標準和繁難的詞藻，我們把鮑魯斯，卡圖，加魯斯，斯奇皮歐，菲魯斯都不妨認做好人，他們都能滿足普通的做人標準，至於事實上絕對找不到的那種完人，我們就不必談了。

　　上述諸人都能享受我所不能形容的友誼之利。人生怎樣才能做到如恩尼烏斯所謂「值得過活的人生」呢，假如一生沒有知己的朋友？若能有知己的朋友，向他什麼話都可以談，即如對自己談一樣——還有什麼事比這更美？你的成功怎能令你充分的愉快，假如沒有朋友和你自己一般的感覺愉快？失敗事真是難過，假如沒有朋友比你為你自

己還痛心。別種的慾念頂多只有一個單純的目標，財富不過是為消費，權勢是為了體面，做官為了名譽，娛樂為了感官滿足，健康為了免除疾苦並發展體格；但是友誼有無數的目標，你無論走到那裡，友誼永遠在你的身邊；不為什麼畛域的界限所阻；永遠不會不合時，永遠不會礙事。所以人生必需的「水與火」也不見得比友誼更有用。我現在講的不是普通的泛泛之交，雖然那也是有趣並且有益的，我講的是純潔無疵的在歷史上有名的那種友誼。成功能因友誼而益增其光輝，失敗能因友誼而減其苦惱，因為友誼能分享，並能分擔。

VII

　　友誼有許多並很大的利益，所以友誼當然比一切都有力量，能以希望之光射入前途，能鼓舞人的志氣不致墮落。並且，一個真正的朋友就等於是自己的一種影子。所以朋友不在面前，也等於是在面前；雖然是窮，也等於是富；雖然是弱，也等於是強；更難說的是雖然死了，也等於是活著；因為人雖死了，朋友還敬重他憶念他，他在朋友的記憶中還榮耀的活著。所以死者固是幸福，生者亦有可稱讚的生活。但是你們若要把這繫縮心靈的友愛從這宇宙裡取消出去，家庭或城市便都不能存在，農業亦不能繼續。這句話也許不大明瞭，你們可以想像仇敵與衝突能有多大的害處，便可知道友誼與和諧是有多大的力量了。哪一個穩固的家庭，堅持的國家，能不被敵視與分裂所傾覆？

　　從此便可以知道友誼有多麼大的好處。據說阿格里干特姆有一位有學問的人，[1] 用希臘詩體預言過，宇宙一切固

1　即恩皮道克里斯（Empedocles，約 490-430 BCE），據謂友誼與鬥爭不斷的衝突，使宇宙四種元質忽分忽合。

定的及活動的事物，全都是因了友誼而聯合，因衝突而失散。這句話不但是人人能懂，並且人人贊成的。在無論何時，若有人為了朋友而冒險或幫同朋友冒險，誰能不極力讚美？我的朋友且是賓客馬爾克斯‧帕枯維烏斯所寫的一齣新戲，[2] 那天正演到了那一幕，國王分辨不清哪一個是奧來斯蒂斯，願代朋友而死的皮拉底斯便說「我是奧來斯蒂斯」，而奧來斯蒂斯則堅決的說「我是奧來斯蒂斯！」當時劇場裡的喝采聲是何等的高昂！觀眾都站起來了，向這段故事歡叫；如果這件事是真事，他們該要如何？一件好事縱然自己做不到，看見別人做到，自然也要歡欣鼓舞了。

上文我略述我對於友誼的見解；如其還有什麼別的要說的——想來還有不少——你們可以去問那些善於談論這題目的那些人。

范尼烏斯：但是我們願意問你。那些人我也問過，並且也很願意聽他們談，但是你所談的似是另有一種風味。

斯凱渥拉：范尼烏斯，你這句話可以說得更肯定一些，假如最近你曾到斯奇歐鄉間別墅聽他們辯論國家這個

2　劇名不可考，但劇情顯係優里皮地斯之 Iphigenia in Tauris。

題目。賴里烏斯是一個多麼好的擁護正義的人，敵對著菲魯斯嚴謹的辯詞！

范尼烏斯：啊！最正義的一個人來擁護正義，那自然是容易事。

斯凱渥拉：那麼，一個最能忠實公正的保持友誼並且因友誼而享大名的人，讓他來為友誼辯護，那不也是容易事嗎？

VIII

賴里烏斯：你們未免是勉強我了；你們為什麼要強迫我呢？你們實在是強迫我，因為女婿們誠摯的請求，我實在難於拒絕，並且這事也是一件好事，我也不該拒絕的。

我愈常思索友誼這個問題，我愈覺得有一點值得討論——我們需求友誼，其動機究竟是否因為自己軟弱貧乏，然後靠了朋友交往，享受自己獨力所不能得的益處；或是友誼於交往利用之外而另有動機，更古遠更美麗，由「自然」而生。因為友誼（amicitia）這個字是從愛情（amor）這個字變化出來的，故友誼亦有情愛之意。冒用友誼的名義的人，只為了一時的利用，有時亦能對我們有益處；但是真的友誼絕沒有半點虛偽，完全是純潔的自然流露。所以我覺得友誼是自然而生的，不是應了需要而生的，是由於心靈的趨向，結合情感而生的，不是由於計算友誼有多少利益然後才生的。這種情感是很容易看得出的，有些動物在相當期間總是愛他們的子孫，並且被子孫所愛，其愛的動機是可以看得出的。在人類這便更為明顯；例如子女對父母之愛，非由於極凶的罪惡，絕不會被毀滅的。再例如，某人的行為性格與我們相同，我們對他自然便有一種愛意，因為我們似乎看出那人好像是一盞正直美德的明

燈。最可愛的便是美德，最令我們愛的也是美德，所以有些人我們從來沒有見過，亦有時因為他們的美德而不禁的要敬愛他們。譬如加優斯‧法伯里奇烏斯與曼尼烏斯‧枯里烏斯，就是沒有見過他們的人，誰能想起他們來而不敬愛？反過來說，誰又不恨驕傲者塔昆，斯普里烏斯‧卡西烏斯，或斯普里烏斯‧邁里烏斯？使我們為了義大利國土而做殊死戰的有兩個強人——皮魯斯與漢尼拔；前者是正直的，我們對他沒有十分大的敵意，後者因為殘酷，我們國人總是痛恨他。

IX

假如德行的力量是如此之大，能令我們愛一個從未見過的有德行之人，甚至能令我們愛一個有德行的敵人，那麼，能與我們親密結交的人若是有好的德行，其能引動我們的敬愛，又何足怪？僅是這一點敬愛之念還嫌不足，再加上一點善意的幫助，體貼，親密，自然就可激起偉大的奇異的好感了。

若以為友誼的動機是由於一己有所需求，那實在是把友誼太看得低賤了，那豈不是等於把友誼當做了貧乏的產物！照這樣說，凡自以為最貧窮者應該是最需求友誼了，然而事實又決不如此，力能自給而又具有德行的人，是可以獨立而無所求於人的，但是這種人最喜歡結交朋友。阿弗里加奴斯可有什麼求於我的！我以海克力士之名起誓：一點什麼也沒有。我也無所求於他，但是我因為敬仰他的德行而愛他，他也愛我，也許是他以為我的品行也不算壞。我們常有往來，所以彼此愈益敬愛。雖然我們的友誼也產生了不小的益處，但是我們開始相愛的動機卻不是為了利益的希冀。上等社會的人如其是慷慨的，必非望報，因為慷慨的人不以其恩惠為交易，而是純粹的自然的慈愛舉動──所以我們也確信友誼的價值不在利益，而在情感

本身。

　　以滿足獸慾為唯一標準的人，對於這個見解當然是極端反對，這也不足為奇，因為習於卑陋思想的人當然是不能領悟神聖高貴的理想。所以這種人我們不必提起，我們確信對於美德的敬愛是一種自然的情感；見到有美德的人我們便想和他有親密的交往，為的是充分享受欣賞他的人品，並且砥礪自己和他有同等的德行，力求不負他的恩惠，而不惟利是圖。所以友誼是可以產生絕大的益處，其起源由於自然而非由於貧乏，其性質自然是格外的尊嚴而切於真理。如其友誼是靠了利益而結合的，那麼沒有利害關係時友誼便消散了；唯「自然」而不變動的，所以真的友誼亦能永久。

　　你們現在可以瞭解我對於友誼起源的見解了，除非你們有什麼答辯的話要說。

　　范尼烏斯：請你講下去吧，賴里烏斯，我同時也為斯凱渥拉作答了，因為我比他年紀大。

　　斯凱渥拉：對極了，范尼烏斯。我們聽他講下去吧。

X

　　賴里烏斯：那麼，請你們聽我說斯奇皮歐與我談論友誼這個題目時，常常提起的幾點。他說過友誼至死不變是頂難的一件事；因為友誼常常變成不是彼此有益，或是彼此政見不同，有時雙方因了年老或境遇艱難而性情改變。他又舉例來證明這條原則；他說：「童時所結交的朋友大概是和童時的衣服一同拋棄；如能延長到青年的時候，往往因此成為情敵，或爭取利益而遭受破裂，因為雙方絕不能同時勝利。如友誼能再延長，往往為了攘奪權位而致破壞；因為普通一般人為了貪財而傷友誼，而較有品位的人亦喜競求功名，往往至交變為死敵。

　　「有時強求朋友做一件錯事，以致發生齟齬，例如，請求朋友幫同作惡或唆使暴行，朋友無論怎樣光榮的拒絕，在請求者一方面總覺得這於友誼有缺；因為凡是能要求朋友做任何事者，其人必能為了朋友而做任何事。此種衝突不但破壞了最親密的友誼，且能變為不可解的冤仇。所以這都是友誼的危機，惟賢者或幸運者方能避免。」

XI

　　我們現在先討論友誼中的愛情應該有怎樣的範圍。譬如說，考里歐蘭諾斯若是有些朋友，他們應否加入他向祖國宣戰？再譬如說，維開里諾斯或邁里烏斯的朋友們，應否幫助他們攘奪王位？蒂貝里烏斯‧格拉克斯鼓動革命的時候，[1] 昆特斯‧圖貝洛及其他和他同年的朋友們都背棄了他。但是，斯凱渥拉，受你家保護的那個伯勞西烏斯[2] 卻是附逆了。當我做來拿斯及魯皮里烏斯二執政的顧問時，他來求我關說從輕發落。他的討饒的理由便是，平日他對格拉克斯太敬重了，凡是格拉克斯要他做的事，他都認為有去做的責任。我就問他說：「他要你在羅馬衛城放火，你也幹麼？」他回答說：「當然他從不會要我做這樣的一件事，不過他若要我做時，我也只得服從。」這是何等的荒謬！並且，他不僅做了他要他做的一切事，因為他不是附知，而是領導格拉克斯叛逆，他不是他的作惡的伴侶，而

1　指格拉克斯在西元前一三三年，以護民官身分進行改革，使得羅馬政爭迅速加速，導致羅馬共和的覆亡。

2　伯勞西烏斯（Blossius）藉 Cumæ 當時無羅馬選舉權。

是領袖。他發狂的結果，怕受特別法庭的審訊，逃到亞細亞投降了我們的敵人，但是究竟因為背叛祖國而受嚴正的懲罰。[3]

　　所以為了朋友而犯的罪並不能取消了這個罪；他信你有美德而發生友誼，你若放棄了美德，那友誼便難得存在了。朋友要我們做什麼我們便做，或任何事我們都可以要朋友做，假如我們以為這種理想是合理的，那麼，雙方若是有智慧的人，也不會有壞的結果的。不過我現在談的是我們眼前看得見的人或是有史蹟可考的人，一般人都知道的人。我們應該從這一類的人裡去找例證，但是當然側重這類人中之比較智慧的人。我們由古人傳說知道愛密里烏斯‧帕普斯是加優斯‧魯斯奇諾斯的契友，同做執政兩次，同做監察官一次。據說曼尼烏斯‧枯里烏斯與蒂貝里烏斯‧考侖堪尼烏斯兩人是知交，並且也都和他們很親近。我們絕對無法猜測到這些人會要求朋友做不名譽的或危害國家的事。如其有這樣的要求，我們也敢說他們一定也不會接收的，他們都是純潔的人，他們認定要求和接收是同樣的不對，這還用說嗎？但是蒂貝里烏斯‧格拉克斯

3　即指加入阿里斯通尼克斯與羅馬戰敗自殺。

居然得到卡優斯・卡爾波和卡優斯・卡圖做他的幫手，他自己的弟弟加優斯當時雖不熱烈的贊助，但現在也完全附逆了。

XII

所以我們定下一條友誼的法律吧：毋求人做不名譽的事，別人求你，你也不要做。為了朋友的緣故而做犯法的事，尤其是叛背國家，那是絕對的不名譽，不容辯白的。親愛的范尼烏斯與斯凱渥拉，我們羅馬人現在所處的地位使我要留心防止一切擾亂國家的事件。我們的政治情形早已脫離了我們的祖宗開闢出來的正軌了。蒂貝里烏斯·格拉克斯想要篡奪王位——事實上他已統治了好幾個月。羅馬人民從前可曾聽說過或經驗過這樣的事嗎？他的朋友和親族們一直到他死後還擁護他，但是他們對斯奇皮歐·拿西卡的殘酷[1]，我提起來都要流淚了。蒂貝里烏斯·格拉克斯最近已受了懲罰，對於卡爾波我已盡力的加以維護。若是加優斯·格拉克斯做了護民官，[2] 前途如何殊難逆料。不

1　拿西卡時任大祭司，不滿格拉克斯以護民官身分在群眾大會推動有關土地的法案，無視元老院存在以及羅馬所奉行的共識政治。他號召元老貴族及其隨從攻擊並殺害格拉克斯及其群眾。但因為護民官有「人身神聖權」，而且動亂中死亡人數甚多，拿西卡被認為必須為此流血事件負責。他最後被元老院指派前往小亞細亞出使，不久後便客死異鄉。

2　小格拉克斯當時（對話在西元前一二九年）雖是民眾派領袖，於西元前一二三年始為護民官。

過革命之事，其起甚漸，一朝激發，必至一發不可收拾。關於投票一端，[3] 先是由加賓尼烏斯創為法律，後又由卡西烏斯創為法律益加推廣，已引起無窮糾紛了。我覺得民眾已與元老院疏遠，而國家大事反倒靠了群眾的高興而決定。人民要鼓動革命甚易，欲制止革命就較難了。

我為什麼要說這些話呢？因為若是沒有朋友相助，沒人能做亂的。所以良民[4]必須注意，如不幸結交這一類的朋友，做出擾亂國家的事來，必不可顧念友誼的關係而不與斷絕；至於壞的人，則必須繩以嚴罰，凡是叛逆之罪，附和與首要皆受同樣的懲處。在希臘誰比台米斯陶克里斯更顯貴更有勢力？他領導軍隊克服了波斯，解救了希臘人淪為奴隸的危險，竟為眾所不容致遭放逐，但是他不服從這忘恩負義國家的謬舉，他像二十年前我們的考里歐蘭諾斯一樣的叛變了。這兩個叛徒找不到一個肯擁護他們的人；所以結果兩人都喪了性命。[5] 所以惡人相濟為惡，不但不能藉友誼做護符，而應該同受嚴峻的懲處，好使得人人知道

3　投票表決法創自 Gabinius，後 Cassius 推廣投票表決法於刑事案之陪審員。

4　原文 Bonis 字義即謂「好人」，在政治術語上實指貴族而言。

不可附從了朋友而謀叛國家。但是就現在看來這種事在將
來還難免其不發生，我顧慮到我死後的國家情形，是和注
意現狀一般的。

5　　台米斯陶克里斯（Themistocles）叛於西元前四七一年。考里歐蘭諾斯
　　（Coriolanus）叛於西元前四九一年。據 Thucydides 謂台米斯陶克里
　　斯善終於小亞細亞，據 Livy 記載考里歐蘭諾斯亦享高年。各說孰是，
　　難考。

XIII

所以我們要承認這是友誼的基本定律：請朋友做的事須以名譽的為限；為朋友做事亦須以名譽的為限，並且不必等請就該去做；永遠要熱心，不要遲疑；要坦白的進忠實的勸告；能進忠告的朋友在友誼中佔重要的地位，其忠告不但要坦白，並且在必要時還要強硬，有忠告必須順從。我聽說在希臘有些號稱哲學家的居然贊成一些學說，據我看來，是頂稀奇的（以他們的詭辯當然無事不可主張）。他們有些人說：過於親密的友誼是該避免的，否則一個人要為太多的人擔心了；每人處理自己的事務已經嫌太多了；再管別人的閑事是太厭煩了；友誼要愈淡愈好，然後我們可以隨意的冷淡或親熱；因為據他們說，幸福的一生便是無憂無慮的一生，一個人若是為許多人擔心，他的心靈便決不能享受幸福的生活。

我聽說還有些人，更不近人情，他們主張我方才已經說過的，以為友誼的要求是為了要受保護和幫助，不是為了愛。所以意志不堅身體不強的人最需要朋友；軟弱無告的婦女比男子需要友誼的庇護，貧人比富人更需要朋友，不幸的人比幸運的人更需要朋友。好高明的哲學！我們認為友誼是天神所賜與我們的最好的最可樂的恩惠，他們竟

以為人生可以不要友誼，這簡直是從宇宙裡摘去了太陽！他們所謂無憂無慮的人生可有什麼價值呢？就表面看實在是引誘人的，實際則毫無可取。為了免除煩惱就不去做正當的事業，或半途而輟，那是不合理的。我們若要不斷的避免麻煩，我們也一定逃避了德行，因為德行必須拒絕不合的事，亦必發生麻煩的，例如和藹的美德一定要拒絕惡意，節制一定要拒絕慾念，勇敢要拒絕怯懦。愈公正的人愈感覺不公正為痛苦，愈勇敢的人愈覺怯懦為痛苦，愈有節制的人愈覺放浪為痛苦。所以合乎規矩的人最樂於行善，最嫉惡如仇。

假如一個智慧的人也感到苦惱（除非他沒有人類的同情心，否則這是難免的），那麼，我們為什麼要從生活中取消了友誼以避免苦惱呢？人心若無情感，先不問人與獸有何區別，請問人與木石有何區別？又有些人說，美德是使人堅硬如鐵的，這話也不足置信；因為在人生各種關係中，尤其是在友誼中，美德是使人柔和的，見到友人成功則樂，見到友人有災難則憂。總之，美德的實行可以引起麻煩，但是我們不能因此而放棄美德，所以友誼雖然令我們有時感到苦惱，但是我們也不能因此而放棄友誼。

XIV

　　友誼是靠了美德而結合的,既如上述,那麼凡是有德行表現的時候,同類的人必感到氣味相投,友愛之情油然而生了。愛權位名譽華服大廈等等的死東西,而對於有美德並能以愛相報 [1] 的活人反倒不愛,天下那裡有這樣蠢的人?天下最愉快的事無過於交相親愛互為扶助。情投意合,比任何事物的吸引力都大,最易結為契友。所以好人必定樂於與好人相聚,其團結之堅固有如戚親。因為人性是最喜歡追求同調的。職是之故,范尼烏斯與斯凱渥拉,我以為好人與好人締交,其友愛之情是由天性流露出的,非如此不可的。普通一般人都各有他們的好處。因為美德並非是冰酷傲峻的,美德是可以施之於全國的,如藐視一般民眾,便決不能謀全國的福利了。

　　我又以為那些錯認功利為友誼基礎的人, [2] 實在是遺棄了友誼最寶貴的一部分。使我們愉快的不是由朋友所得到

1　原文 Redamare 是西塞羅根據希臘文而杜撰的一個拉丁字。

2　Cyrene 之阿里斯蒂普斯(Aristippus)的信徒,號「奇蘭奈派」(Cyrenaics)。

的物質利益，而該是朋友的愛；如果我們因朋友的助益而得到愉快，其所助益亦必是基於誠摯的熱心。為了缺乏什麼而去結交朋友，那是不對的；實際上是最擁有財富勢位的人，尤其是有美德的人，才最喜交友；愈不求人的人愈要朋友；愈慷慨愈喜施恩惠的人才愈要朋友。我覺得朋友永遠不需要人幫助，也不大好。例如，斯奇皮歐若是在家裡或外面永遠不需要我的勸告或幫助，我又怎能表現我的熱誠呢？所以友誼不依賴利益，而利益倒要依賴友誼了。

XV

　　我們要認做是一種義務，決不可聽信那些以娛樂為職志而迷昏的人，[1] 他們妄談友誼，實則不懂友誼的理論與實際。請問天下可否有一個人願意以無窮的財富供其享受，而不准他愛一個人，或一個人愛他？只有暴君肯過這樣的生活，沒有信仰，沒有情愛，亦沒有對人的信任；一切均是猜疑憂慮，友誼是決無位置的。因為誰能愛一個自己所怕的人，誰能愛一個自以為是怕自己的人？暴君也假冒友愛之狀而結識朋友，但只是短期的。一旦失勢，大概總都不免有此一日，就可看出朋友怎樣的冷落他。塔爾昆在被放逐時說的一句話可做例證：「我的朋友們，我現在不能報償他們，也不能懲治他們時，我這才看出那幾個是真誠的，那幾個是虛偽的。」

　　這人平素驕傲乖戾，我想不會得有一個朋友的。塔爾昆的品格不能使他得到好朋友，有許多人亦因為權勢太大，足為忠誠友誼的阻礙。因為不但「命運」自身是瞎的，凡是受「命運」寵愛的人也都是瞎了眼的；幸運的人

1　即奇蘭奈派及伊比鳩魯派。

往往為了驕傲固執而忘其所以，所以世界上唯有被「命運」玩弄的人為最無聊。我們常可以看見一向態度和藹的人，一旦有了軍職，或權勢，或成功了什麼事，態度立刻改變，拋棄了舊友，去應酬新交。有財富的人只知道購買一切錢財所能致的東西，如馬匹，奴隸，美麗的服裝，值錢的器皿，但絕不訪求朋友（我以為朋友是人生中最美的裝飾了），這豈不是最蠢嗎？用錢財購求什物的人，他們自己還不知是為誰做牛馬，因為精美的東西早晚必落於強者之手；但是友誼則是穩固不移，那些物質的東西縱然能夠長在，而一生若無朋友的裝飾點綴，生活仍然是無趣的。這一點不必多說了。

XVI

我們討論友誼，現在要決定友誼中愛情的範圍。關於這一點，通常有三種見解，但是我都不以為然：第一，「**我們要愛朋友如愛自己一般**」；第二，「**我們要愛朋友如朋友愛我們一般**」；第三，「**我們對待朋友要像朋友對待他自己一般**」。這三種見解我全不贊成。

第一說「**我們要愛朋友如愛自己一般**」，這是不對的。因為有許多事我們為朋友做，而從不為自己做。有時去懇求一個卑鄙的人，有時去攻擊一個人——這都是為了自己不大值得做的事，而為了朋友便未嘗不可做；有許多機會，好人寧願犧牲種種的便利，為的是使他們的朋友能充分的享受。

第二種見解把友誼限制為交換服務與交換情感了。這一定要把友誼做到錙銖必較，以求其出入相抵。我以為友誼是比這種情形要富足一些，不斤斤於核算虧盈，惟恐付出超過收入；決不怕白給人家一點好處，決不怕給人家好處過多，超溢了度量，決不怕把過度的好處堆積在友誼上面。

但是最壞的是第三種見解，「**我們對待朋友要像朋友對待他自己一般**」。因為有些人的態度是消極的，或是不

求上進，朋友待他就不該像他待自己的那種態度，應該竭力鼓動他的朋友失望的心，使其鼓起更活躍的希望，發生更好的思想。所以友誼需要另外的一種範圍。但是我還要提起一種錯誤的見解，是斯奇皮歐所最痛恨的。他常說，最與友誼精神相衝突的是有一個人所說的一句話：「我們應該愛一個朋友，可是要記得將來也許有一天我們要恨他的。」

斯奇皮歐說他決不信一般見解以為這句話是「希臘七賢」之一的比阿斯所說的；他以為這話一定是什麼無聊的人，或政客，或認一切均為自私的工具的人，所捏造的。因為若覺得這個人將來會變成仇敵，如何能和他做朋友呢？照那樣講來，一定會希望朋友多做罪惡的事，好多給他一些把柄，而看見朋友做好事，應該覺得苦痛嫉恨了。所以這條定律，無論是誰創作的，其效果可以毀壞友誼：所以我們應該注意的應該是——在締交之初若覺得這人在將來我們也許要恨的，便不可輕於愛他。斯奇皮歐還以為我們若不幸選錯了朋友，也該延續下去，不要俟機破裂。

XVII

　　所以下列的範圍是該注意的：朋友的品格如果是純潔無疵的，彼此一切的意向便都該和諧一致，沒有例外；即或朋友的意念有時是不大名譽，或與其性命名譽有關，我們也要從權通融幫助他，但以不致身敗名裂為限；[1] 因為友誼亦應有其界限。個人的名譽不可不顧，輿論的感情亦不可輕視，不可認為與生活無關，雖然諂佞以求媚世也有不體面的；有美德然後才能有好感，所以美德亦不可不講求。

　　但是斯奇皮歐——我常提起他，認為是談論友誼時我的唯一的權威——斯奇皮歐常抱怨說，一般人總是為別的事盡心，不為友誼努力；人人都能數清家裡養了多少隻羊，而不知道朋友的數目；為了養牧畜可以費心，選擇朋友便不謹慎；擇友決沒有什麼標準。我們選擇朋友應該挑選那穩健不變的人，這種人現在是很少的；不經試驗，則亦不易決定，而只有在友誼中方能得到試驗：所以友誼在判斷之前，沒有試驗的機會。有智慧的人便能不一往情

1　與第十二節意似矛盾。

深，不像驅車似的向前直衝，而於締交時稍留餘地，如試馬一般先試驗友人的品格。有些人以小小的金錢往來試驗朋友是否易變；有些人不以些少之款為意，那就不妨以大款相試，亦可見其真面目。但是視金錢勝過友誼的人便算是卑鄙，那麼不以權勢官爵重於友誼，寧棄權勢官爵而全友誼，這樣的人可到那裡去找？權勢當前，人性總是弱的，背友誼而取權勢的人，往往希望不久就忘了這樁罪過，因為是為了重大的緣故才犧牲了友誼的。所以在官場或為公家服務的人，難得有真正的友誼。那裡有那樣高潔的人，寧願朋友升擢而忽略自己？物質的考慮暫且不提，但是請想：朋友不幸，還要和他來往，這在一般人看來是何等不舒服的一件事！為了朋友而受巨大犧牲，那更是難能了。但是恩尼烏斯說得不錯：

「在命運不濟時才找得到忠實的朋友。」

而一般人之不可靠約有兩種：或在得意時忘了朋友，或見朋友有難而遺棄不顧。所以在這兩種情形之下而不稍變其友誼的人，才是真正的難得，可以說是神聖。

XVIII

我們需要友誼不變，其基礎必在於忠誠；因凡不忠誠者皆易變。選友的時候宜擇直爽而富有同情心的人，總之須要是和我們一般的受同樣事物感動的人，因為這都是忠誠的成分。多心機的人不會忠誠的；不和你一樣的受同樣事物所感動的人，自然沒有同情心，亦不會忠誠的。忠誠的朋友還須另有一個條件；朋友必不可以攻擊你為樂，有別人攻擊你，他亦不可輕於置信。所以我在開始時所說的話是沒錯的，我說：「若非好人，彼此之間決無友誼。」

因為好人，或智慧的人類，能保持友誼的兩條規律：第一，沒有虛偽，因為直爽的人寧可公開的仇恨，不願以笑臉蔽蓋他的真情；第二，別人攻擊你，他不但要否認，並且不要稍有疑慮你會做錯事的意思。此外，言談舉止的溫厚亦可增進友誼。莊嚴沉重固是有力量，但友誼應該是趨於和藹有禮，而不過求拘束。

XIX

於此有一小小的難題：新友是否勝過舊友，如年青的馬勝過老馬一般？這種疑問其實是不該有的，因為友誼不同別的，不會嫌多生厭的；酒是愈陳愈佳，最久的友誼亦是最可樂的；有一句成語是很對的：「要共嘗過許多的甘苦，然後才能滿足友誼的要求。」不過新的友誼也不可輕視，假如有結果的希望，如青綠的苗芽一般，到了收穫的時候不致使我們失望。老朋友也應該有其原有的位置，因為年久和習慣都是很有力量的。即以馬為例，人人都喜歡騎慣的馬，而不喜歡新的和沒受過訓練的馬。習慣不但對於活的東西是有效力的，即死的東西亦有影響，無論多麼粗野的地方，只要住過稍久的時候，我們便對那地方發生一種喜悅。

地位高的和地位低的須完全立於平等地位，這是友誼中很要緊的一點。特殊優越的位置，有時也是有的，例如斯奇皮歐在「我輩」中便有優異的地位。但是他對於菲魯斯，或魯皮里烏斯，或木密烏斯，或其他比他低級的朋友，從不做出比人高的樣子。例如他的哥哥昆特斯・馬克西木斯，雖然也是一個出眾的人，其實遠不及他，但他總是把他當做一個比他地位高的人看待，因為他比他年紀

大。斯奇皮歐願意藉了自己的力量能使他的朋友們也更體面。這是人人應該效法的，所以凡是一個人在品德學問或命運上有勝於他人的地方，應該使他的親族朋友均沾其惠；設使他的祖先是低賤的，於是有許多親族本家在智識或家境方面都不如他，那麼他便該補助其貧乏，或提攜他上進。在戲劇故事裡有些人很久一直過著奴隸的生活，因為他們自己不知自己的家世，後來發現自己是天神或國王的兒子，但是對於歷年來錯認做為父親的牧羊人，仍然是保持感情的。對於真的父母，這種情感應該格外強烈了。凡天才或美德或其他的優點，若能施散於我們的親信的人，那才算是得到了充分的收穫。

XX

　　所以在朋友親戚之間，地位高的人應該謙遜，和地位低的人立於平等的地位，而地位低的人亦不可看見別人的智識家世或地位比較優越，便生慚沮之念。但是一般人卻常有怨言，甚至於責難，尤其是在自以為盡力給朋友做了什麼事的時候。給朋友做事，而總念念不忘，是最討厭的一種人，因為在受者一方面固不該忘，而在施者一方面卻不該提起。在友誼中，地位高的人要降低他們的身分，同時也就是抬高了比他們地位低的人。

　　有些人常自以為是被人輕視，使得友誼為之減色，這種情形當然是不常有的，除非是有些人真是自以為該被輕視；為免除這種誤會，我們不但要以言語表示親愛，還須在事實上與以提攜。我們為朋友做事，第一要盡自己的力量，第二要看這個朋友是否合格。因為無論你是多麼顯達，你不能把你的所有的朋友都一步一步的提拔到最高的地位，這種情形只有斯奇皮歐做得到。他使普伯里烏斯·陸提里烏斯做到執政，但為了他自己的弟弟陸奇烏斯·陸提里烏斯，他不曾達到同樣的目的。你縱然有權力能隨意提拔朋友，亦須要審度朋友的資格是否勝任。

　　人要到了年紀品格都成熟穩健的時候，才能決定友誼

的成立；青年時若是喜歡行獵或球戲，長大時並不必要以當初有同樣嗜好的伴侶為友。因為若按照這個原理講，保姆奴隸送我們上學回家，是最早與我們熟識的，勢必至最有做我們的朋友的資格了。我承認這些人也是不該疏遠的，但是我對他們另是一種態度。非年紀性格成熟之後，友誼是不會堅固的。不同的性格有不同的嗜好，這就足以分裂友誼；好人不能與壞人為友，壞人亦不能與好人為友，即因為其性格嗜好完全不同。

友誼還應該有這樣的一條規律：不要為了自己的無所節制的善意反倒妨礙了朋友的大事。我再引戲劇的故事為例吧，假如尼奧陶來木斯[1] 聽從來考米底斯的話，便永遠也不能攻克特洛伊了，因為他是來考米底斯養大的，他揮淚阻止他進兵。有時為了重要的義務，朋友亦須暫時分離；凡是捨不得離開朋友而阻止朋友去盡他的義務，這種人不但是柔懦，簡直就是不合於友誼。總之，無論何時要仔細審慎，你所要求於朋友的，或朋友要求於你，而你所應允的，都是否正當。

1　尼奧陶來木斯（Neoptolemus）是阿基理斯與史基洛斯（Scyros）島國王來考米底斯（Lycomedes）之女所生的兒子，由外祖父來考米底斯撫養長大。他後來繼承父志，並接受神諭指示，前往特洛伊，攻陷城池，殺死特洛伊國王普列姆。

XXI

我們現在不談智慧的人的友誼，而談平常人的友誼，——絕交往往不幸是不可免的。一個人的罪惡有時暴發起來，影響到他的朋友，或不相識的人，但是朋友亦因此而蒙其羞。所以這樣的友誼便該漸漸疏遠。卡圖常常說：「宜冷淡而不宜決裂。」除非是有了不可恕的罪過。到那時節惟一的正當途徑便是恩斷義絕的脫離關係了。

但是假如性情或嗜好稍有改變，或政見不同時（因為我已說過，我現在談的是平常人的友誼，不是智慧之人的友誼），便該分外謹慎，否則不但顯著傷了友誼，並且生了仇恨。因為和一個最親密的朋友反目，是最可恥的事。你們知道，斯奇皮歐為了我的緣故和昆特斯·龐沛伊烏斯絕交，[1] 為了政見不合和我的同僚美台魯斯也疏遠了，但是他都很謹慎從事的，沒有引致惡感。朋友們最好是留意不生裂痕，萬一有了衝突，亦須令友誼漸漸消滅，不要猛然

1　昆特斯·龐沛伊烏斯與賴里烏斯競選時，佯做非候選人，乘其不意而獲選，故斯奇皮歐深惡之。

斷絕。你們真要留神，別要使友誼變為仇敵，因為這往往是爭執醜詆的來源。即或到了這種地步，能容忍時仍要容忍，因為對於舊日友誼總要有敬意的，寧使挑釁者自陷於錯誤，忍受者總是無缺於友誼。

對於這種不幸事件只有一種保障的方法：不要輕易把愛情給人，不要把愛情給下流的人。凡是心靈值得令人愛的人，才是值得結交的人。這種人當然是很少的！其實凡是好的都是稀罕的，求其完美無缺的一種榜樣，當然是最難不過的。不過一般人在一生經驗中只認得有利的才是好的，對待朋友和對待牛羊一般，有最大的利益的、希望的，才認為是最有價值的。所以他們得不到最可愛的最自然的友誼，因為這種友誼的價值是在其本身的。他們於自身經驗中亦領略不到這種友誼的力量，不能明瞭其性質與範圍。人之自愛，原非由於希冀得到利益，只是自己愛自己便了；這種情感若不能推到友誼上去，真正的朋友永遠得不到，因為真的朋友即是自己的化身。

講到禽獸，無論是空中的，水裡的，陸上的，無論是馴的，是野的，全都是愛他們自己的，一切生物均生而賦有這種情感，並且他們喜歡同類相聚，和人類的愛有點彷彿，那麼，人類應該如何格外的自愛，並如何的尋求友聲，縮結同心呢！

XXII

　　但大多數的人，不說是無恥，也得說是無理，常要朋友做到自己所不能做到的，要求朋友給自己所不肯給的。最公平的是自己先做一個好人，然後找和你彷彿的人做你的朋友。能如此，我所謂的友誼才能穩固的成立；既締交之後，先要抑制別人所不能解脫的慾念，然後以公正合法之態度彼此傾心相助，彼此永遠不要請求對方做不名譽的事，彼此不僅是相愛，而且還要相敬。從友誼中除去了敬意，即是除去了頂光亮的珠寶。因友誼可以陷入各種罪惡各種情慾，這實在是極端錯誤的見解。因為友誼永遠是美德的輔佐，不是罪惡的助手。美德不能獨立達到最高境界，所以要友誼的協助。這樣的友誼，無論是在過去，或現在，或將來，永遠是自然的至善的途上最幸福的伴侶。這樣的友誼包涵了人所企求的一切——尊榮，名譽與心理的快樂；有了這種的收穫，生活自然是幸福的，否則便不幸福。

　　幸福既是我們最善最高的目標，我們必須注意德行，非德行不能得到友誼，亦不能得到別的好東西；反轉來說，輕視美德而仍自以為有朋友的人，將來遇到不幸的時候，他試驗過了他的朋友，他就省悟自己的錯誤了。所

以，我重複的囑咐，因為這是不厭重複的：先看準了朋友，然後再愛他，不要因為先愛了他，然後就認做朋友。[1]我們因疏忽受累，對於選擇朋友對待朋友若是稍為不慎，我們尤其要受重大的懲罰；因為事後考慮是無效的，我們犯了古諺所不允許的「於定讞之後才做辯白」。所以僅因長久認識或交相利用而結成的友誼，一旦遇到衝突，便中途決裂了。

1　引蒂歐弗拉斯特斯語。

XXIII

友誼既是人生所不可少，所以格外的不該疏忽。人人承認在人生經驗中為最有益的事，即是友誼。連美德還有人看不起，以為是虛偽；有些人輕視財富，因為他們能安貧，以惡衣惡食為樂；政治的尊榮，固有人趨之若狂，然而有許多人亦視如敝屣，因為他們視尊榮如浮雲。有許多東西，一些人認為可羨慕的，許多人都認為毫無價值。但是友誼，則眾口同聲的讚美。舉凡曾為公家服務的，專攻科學哲學的，自由經商的，以及專門追逐聲色之娛的——所有的人都承認沒有友誼的生活實在不是生活；只要他們想過一個自由人的生活，他們一定是這樣承認的。因為友誼是在不知不覺中就爬進生活裡來了，所以生活中是不能沒有友誼的。

如果有人是粗野兇暴的，不要和人來往——據傳說，雅典的提蒙[1]便是這樣的一個——就是這樣的一個人，也要找一個人去宣洩他胸中的怨毒。假如一個天神把我們攝出

1　提蒙（Timon of Athens）因為被朋友出賣，憤而離群索居，拒絕與人交往，是典型「厭惡人類」（misanthropy）的代表。

人寰。帶到一個寂寞的所在，凡我們所要求的東西無不具備，只是不准我們見人——哪一個鐵石心腸的人願意過這種生活？誰能不因寂寞而失去了樂趣？所以塔蘭特姆的阿爾奇塔斯說得不錯，這句話是老年人輾轉傳述給我聽見的：「假如一個人獨自的昇天，看見宇宙的大觀，群星的美麗，他並不能感到快樂，他必要找到一個人向他述說他所見的奇景。他才能快樂。」人性是不喜孤獨，需要扶助，而親愛的朋友便是人最好的扶助。

XXIV

人性雖然多方的表示，她需要的是什麼，她希冀的是什麼，但是我們好像是聾了一般，聽不見她的呼聲。友誼的經驗是錯綜複雜的，可以召致猜疑厭恨，智慧的人總應該設法避免或容忍。但是有一種情形是不該避免的，為了維持友誼的忠誠與效用起見，是勢在必行的：朋友們不但需要勸告，並且需要責備，凡有勸告責備，如係出於善意，都該容納。我的一位朋友[1]在他的《安德里亞》一劇裡說得好：

「逢迎可以結友，直言可以賈怨。」

如直言真可以賈怨，傷裂感情，那實是一件壞事了；但是逢迎更壞，因能助長朋友為惡，使陷於不可救藥之地步；所以拒納直言而為逢迎所害，是最大的錯誤。

對於這樁事須要審慎小心，第一，勸告不要太鋒利，第二，責備不可帶著侮辱。逢迎也未嘗不可，以合禮貌為度，諂媚是罪惡的助手，必須戒絕，不但是朋友所不該做，也是一個自由人所不屑為的。因為我們和朋友相處，

1　指特侖斯。

自然與暴君相處是不同的。以忠言為逆耳的人，我們不免要為他的安全擔心了。卡圖說話率有至理，這一句也是警刻的：「刻毒的敵人比笑臉的朋友還有用處，因為前者說的常是實話，後者永遠不講實話。」有些人受了勸告之後，不惱恨他所該惱恨的事，反惱恨他所不該惱恨的事；他不惱恨自己的錯處，反惱恨朋友的責備；其實他應該痛恨自己的錯處，而以糾正為樂。

XXV

所以真的友誼是能給勸告，能受勸告的，給勸告的人可以直言無隱而不辭色俱厲，受勸告的人亦應虛心領教而不以為忤。友誼最大的障礙即是諂諛，阿好，逢迎；無論用多少名詞來形容，這總是一椿罪惡。虛偽善變的人最容易犯這個毛病，無論說什麼，總以使人快活為目的，而不顧到真理。虛偽固然永遠是壞的，因其能攪亂真理，使人不辨真偽，但是虛偽也是與友誼有害的，因其能完全破壞忠實，而沒有忠實便不能有友誼了。友誼的作用是把幾個人的心聯在一起，那麼假如內中有一個人他自己的心還是複雜善變的，還說什麼聯合呢：最離奇易變的無過於那一種人的心，不但是隨著別人的意志興趣而變，甚至隨著別人的氣色而變。

「他說『不』，我也說『不』；他說『是』，我也說『是』；總而言之，我使我自己與他同意一切。」[1]

這是我前面引證過的特侖斯說的，是他寫的戲裡拿托那個角色所說的；若以這樣的一個人為友當然是要變節

1　特侖斯作品《閹人》（*Eunuchus*）中語。

的。但是像拿托那樣的人很多，比拿托更有名，更高貴，更有財富，於是他的威望更足以濟其虛偽，成為一種極危險的姦佞。不過我們若稍審慎，也可辨出孰為諂諛的朋友，孰為真正的朋友，恰如一切的事物，那凡虛偽的究竟蒙蔽不了真實的。雖然沒有智識的群眾大會，也看得出一個花言巧語沽名釣譽的人和一個老成持重的人的分別。不久以前加優斯・帕皮里烏斯想通過一條法律允准護民官有連續被選權，他是用了何等諂媚的言辭去贏得大會的同情！我當時就反對他──不過我不必談我自己，還是談斯奇皮歐更有趣些。當時他發言是何等的沉重有力呀！我們真可以說他是羅馬民眾的領導者，不僅是一個羅馬人。你們兩個都在場，並且他的演辭後來也發表了。結果是這一條為民粹的法律被民眾否決了。

再回到我自己──你們記得不，當陸奇烏斯・曼奇奴斯與斯奇皮歐的兄長昆特斯・馬克西木斯二人做執政的時候，加優斯・利奇尼烏斯・克拉蘇所提出的，關於祭司職務的那條法律是何等受人歡迎。因為他提議祭司選舉由祭司團移交民眾大會舉行之（克拉蘇是第一個向群眾演說時，面向市民廣場的人）。但是上天保佑我，我的演說克服了他的詭辯。這事發生在我正做副執政，並且在我被選為執政的前五年時候，所以我的勝利靠我地位的勢力之處

甚少，還是靠本身的真理之處為多。

XXVI

在講臺上原是最容易作偽行詐的地方，但是真理可以不泯，只消有人能把真理揭示出來。那麼，完全靠真理為衡量的友誼，能夠含有半點的虛偽嗎？在友誼中，除非你的朋友有公明的心，同時你自己也有公明的心，否則你便享受不到忠誠的友誼，既不能愛人，亦不能被愛，因為你不知道什麼是真愛。我上面提到的諂媚，無論是多麼危險，只能傷害那樂於承受諂媚的人們。最喜聽諂諛的人，即是最自滿的人。

美德當然是自愛的，美德知道自己的價值，知道本身是多麼可愛；但是我現在講的不是美德，是美德的名聲。大多數人不希望有美德，而希望保有美德的樣子。這種人最喜受人恭維，以為那些空洞的恭維的話足以證明他的優點。所以凡是一方面怕聽真話，一方面喜說謊話，這樣的友誼都是沒有價值的。如其沒有好虛榮的武人，那麼戲劇裡面的諂媚的寄生蟲也就不顯著可笑了。[1]

1　指特侖斯《閹人》劇中之 Thraso 言。下行詩句即引自此劇。但 Plautus 之《虛榮的軍人》（*Miles Gloriosus*）亦有同樣之角色。

「台伊斯真是說很感謝我嗎？」

若回答他說：「是很感謝」，便很夠了。但是諂媚的寄生蟲卻說：「萬分感謝」。喜逢迎的人總是誇大其辭，阿人所好。喜受恭維的人固然感受那些空虛諂媚的影響，但是堅強穩定的人也要時刻提防，否則也要被巧妙的諂媚所顛倒。

除了傻子以外，沒人不能分辨誰是諂佞的人，不過我們也要留神，毋被那些深沉巧妙的人於不知不覺中潛據了我們的心。因為這種人不易認識，有時故意以反對為諂諛的手段，故意的和你辯難，然後讓步，自認失敗，使得你以為你自己比他見識高。有什麼事比被愚弄更不體面？所以我們該格外謹慎，不要終於自己承認：

「在演丑角的所有的老傻子中間，你今天把我弄成一個最大的傻子。」[2]

在舞臺上最蠢的角色總是扮為無遠見而易受騙的老年人。

不知如何，我上面所談的已經不是完美之人的友誼了，不是智慧之人的友誼了，並且我認定人類是可以有智

2　引自 Caecilius Statius 之《女繼承人》（*Epiclerus*）。

慧的；我上面講的是普通人的友誼。現在我回到原題，並
且做個結束吧。

XXVII

親愛的加優斯・范尼烏斯，昆特斯・木奇烏斯，美德能創造友誼，美德能保持友誼。因為在美德裡有諧和，有堅貞，有忠誠；一個人的美德若是表現出來，是有光芒的，並且能認出另個人的美德來，交相吸引的；結果便是燃出了友誼與情愛，友誼與情愛本是一個意思。但是愛情不過是對於引起這種感情的人一種偉烈的敬意而已，不是為了物質的利益而去企求的。即使是愛情，也常是由友誼而生的，雖然你們不一定認做這是友誼的目標。我在年青的時候，我就是因了友誼的衝突，親密的結識了一些老年人，如陸奇烏斯・鮑魯斯，馬爾克斯・卡圖，加優斯・加魯斯，普伯里烏斯・拿西卡，還有我的親愛的斯奇皮歐的岳父蒂貝里烏斯・格拉克斯。年紀相仿的人們，相愛之情也較深，例如斯奇皮歐，陸奇烏斯・富里烏斯，普伯里烏斯・魯皮里烏斯，斯普里烏斯・木米烏斯，和我自己便是。但是，我現在老了，可是還很愛年青的人，例如你們和昆特斯・圖貝洛；比你們更年青的人如普伯里烏斯・陸蒂里烏斯和奧魯斯・維吉尼烏斯，我也喜歡和他們來往。新輩代生，是人生的規律，所以和我們同時開始生活競走的人，若能和我們同時攜手去達到終點，實在是很好的一

件事。

　　但是人事是容易變遷的，所以我們要不斷的尋求我們所愛的而又愛我們的人；因為人生沒有愛，便沒有快樂了。斯奇皮歐雖然忽的死了，但是對於我是永生的；因為我愛的是他的美德，而他的美德是不死的。不但對於我他是不死的，對於將來，他的美德也是要照耀不滅的。以後的人若是在做大事的時候想有一點勇氣與希望，一定要常常想起這個超絕的人，並以他為榜樣。

　　我一生的幸福，沒有一件能比得過和斯奇皮歐的友誼。我們的友誼裡有純粹喜悅的閑暇，對於公務有和諧的意見，對於私事有忠誠的勸告。據我所知，我從沒有在最小的事情上得罪過他，我也從沒有聽見他說過一句我希望他不說的話。我們住在一處，共食同樣的東西，不但在從軍的時候，即是國外旅行或鄉間休假，我們總是在一起的。至於我們共同專心致志於研究與學問，避開世人的注意，以消磨我們的時間，那又何必提起呢？如果我的這些回憶都與他同死了，那麼我現在早就無法忍受這樣親近的一個人的損失了。我友誼的經驗都沒有死，愈回憶愈顯明，縱然我失掉了記憶力，我的年紀也這樣大了，不至於再受多長久的慘痛，況且短的苦痛，無論如何酷烈，也該忍受的。

我論友誼的話，止於此了。我勸你們要敬重美德，沒有美德便沒有友誼，並且要記住除了美德之外，沒有比友誼更好的事了。

羅馬年表：287－43 BCE

287	侯田西亞斯法，護民官所主持的平民會議可以通過法律
280－275	希臘國王皮魯斯入侵義大利，協助希臘人對抗羅馬；最後被羅馬人擊敗驅離
272	羅馬人與大希臘之希臘人締盟，完成統一義大利
264－241	羅馬人第一次舉行格鬥士表演；第一次迦太基戰爭爆發
256－255	來格魯斯跨海入侵北非，被迦太基擊潰俘虜
241	第一次迦太基戰爭結束，羅馬佔據西西里島以及撒丁尼亞和科西嘉，建立海外行省
240－207	安德羅尼克斯活躍，他是最早的羅馬詩人及劇作家
236	耐維烏斯出品第一個劇作
218－201	第二次迦太基戰爭或稱漢尼拔戰爭
216	羅馬人在坎奈大敗，之後採行「延遲者」費比亞斯的避戰策略，牽制漢尼拔
211－206	「非洲征服者」大斯奇皮歐在西班牙擊敗迦太

	基，進而佔據西班牙
204	大斯奇皮歐入侵北非；次年漢尼拔被迫從義大利召回防衛本土
202	大斯奇皮歐在查馬擊敗漢尼拔；迦太基投降，成為羅馬附庸
204-169	恩尼烏斯身為詩人及教師，活躍於羅馬
204	柏勞特斯寫作「虛榮的軍人」；204-184 是柏勞特斯的寫作生涯
202	費比亞斯・匹克妥以希臘文寫作羅馬史
200-197	第二次馬其頓戰爭
197-133	綏靖西班牙的戰爭，以小斯奇皮歐在努曼提亞的勝利告終
192-188	羅馬與敘利亞之間的戰爭
184	老卡圖任職監察官
171-167	第三次馬其頓戰爭，馬其頓亡國；保路斯帶回皇家收藏圖書；羅馬取消公民的直接稅
167	希臘化時代史學家波利比烏斯以人質身份被羈留在羅馬，認識小斯奇皮歐
166-159	特連斯開始演出作品
155	新學院掌門卡尼亞德斯出使羅馬，對羅馬人介紹希臘哲學

149－146	第三次迦太基戰爭；迦太基毀滅，北非成為羅馬行省
144	斯多葛哲學家潘乃提亞斯到達羅馬，與小斯奇皮歐相識
136－132	西西里發生奴隸戰爭
133	大格拉克斯以護民官身份進行改革；大格拉克斯被殺：「羅馬革命」開始
123－122	小格拉克斯以護民官進行更廣泛改革；引進騎士階級來審判貪瀆的元老
121	元老院通過「元老最終建議」，授權執政官鎮壓改革，殺死小格拉克斯
112－106	北非朱古塔之戰，由馬略結束
107－100	馬略擔任六次執政官；馬略進行軍事改革，招募無產階級為士兵，建立職業軍隊
106	西塞羅出生；龐培出生
102－101	馬略擊敗日耳曼人
100	凱撒出生；與馬略合作的護民官撒坦奈納斯遭殺害；費羅成為新學院掌門
91－88	「同盟戰爭」爆發
88	蘇拉進軍羅馬，進行初步整肅
88－85	旁特斯國王鼓吹密特里達特斯下令屠殺在小亞細

	亞所有的羅馬人；他聲稱解放希臘人
88-68	安提奧克斯擔任柏拉圖學院掌門；費羅前往羅馬，影響西塞羅
87	馬略從北非進軍羅馬，任第七次執政官，進行反向整肅；86年馬略死
87-51	波希東尼亞斯（哲學家、史家以及通學之士）活躍於羅德島及羅馬
83-82	密特里達特斯再度發動戰爭；蘇拉從東方返國；蘇拉贏得內戰
82-80	蘇拉被任命獨裁官，恢復共和憲法；蘇拉進行整肅清算；80年辭職，78年過世
81	西塞羅最早存下的演說詞
80	西塞羅為被蘇拉黨羽迫害的羅斯啟亞斯辯護，獲判無罪
80-78	西塞羅以身體不佳為由，前往雅典及羅德島休養遊學
74-63	第三次密特里達特斯戰爭
73-71	斯巴達克斯的奴隸叛變；71年先被克拉蘇擊敗，之後被龐培殲滅
70	龐培與克拉索斯聯手出擊，擔任執政官；西塞羅為西西里人贏得費瑞斯的官司

69	西塞羅任市政官
66	西塞羅任副執政
68	西塞羅的信件開始
66－63	龐培結束密特里達特斯戰爭；龐培安排東方的行政治理
63	西塞羅任執政官；卡特林叛變，西塞羅發表卡特林演講；凱撒擔任終身職的大祭司
62	龐培自東方歸來，解散軍隊
61	克婁底亞斯被控告宗教褻瀆，以賄賂獲判無罪
60	凱撒、龐培與克拉蘇形成「第一次三巨頭政治」
59	凱撒任執政官，通過有利龐培及克拉蘇的法案；龐培娶凱撒女兒尤利亞
58－57	西塞羅被放逐與回歸
58－49	凱撒征戰高盧
56	「第一次三巨頭政治」續約
54	尤利亞過世；凱撒與龐培漸行漸遠
55－53	克拉索斯父子遠征帕提亞；53年在卡瑞一地兵敗陣亡；西塞羅任占卜官
52	米羅在械鬥中殺死克婁底亞斯；西塞羅輸掉米羅的官司；龐培一人任執政官
51	西塞羅寫作《論共和》；西塞羅外放總督

49	凱撒發動內戰
49−27	羅馬共和最博學的伐洛活躍，與西塞羅密切來往
48	凱撒在法撒勒斯擊敗龐培；龐培在埃及被謀殺
47−45	凱撒在東方、西班牙與北非與共和貴族作戰
47−44	凱撒為終身獨裁官
45−44	西塞羅發表主要哲學作品
44	凱撒在3月15日遭暗殺；馬克・安東尼控制羅馬；西塞羅發表《菲利普演說》
43	屋大維任執政官；「第二次三巨頭政治」成為法律，進行整肅；西塞羅被殺

西塞羅文錄／馬庫斯‧圖利烏斯‧西塞羅（Marcus
Tullius Cicero）著；梁實秋譯. -- 二版. -- 臺北市：
臺灣商務, 2014.07
　　面 ； 公分.

譯自：Cato Maior De Senectute
　　　　　　et 　 Laelius De Amicitia
　ISBN 978-957-05-2937-1(平裝)

871.5　　　　　　　　　　103008213

廣 告 回 信
台 北 郵 局 登 記 證
台北廣字第04492號
平　　　　信

10660
台北市大安區新生南路3段19巷3號1樓
臺灣商務印書館股份有限公司　收

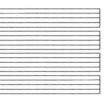

請對摺寄回，謝謝！

傳統現代　並翼而翔

Flying with the wings of tradtion and modernity.

讀者回函卡

感謝您對本館的支持，為加強對您的服務，請填妥此卡，免付郵資寄回，可隨時收到本館最新出版訊息，及享受各種優惠。

姓名：_____　　性別：□ 男　□ 女

出生日期：_____年_____月_____日

職業：□學生　□公務(含軍警)□家管　□服務　□金融　□製造
　　　□資訊　□大眾傳播　□自由業　□農漁牧　□退休　□其他

學歷：□高中以下（含高中）□大專　□研究所（含以上）

地址：_____
　　　_____

電話：(H) _____ (O) _____

E-mail：_____

購買書名：_____

您從何處得知本書？
　　□網路　□DM廣告　□報紙廣告　□報紙專欄　□傳單
　　□書店　□親友介紹　□電視廣播　□雜誌廣告　□其他

您喜歡閱讀哪一類別的書籍？
　　□哲學‧宗教　□藝術‧心靈　□人文‧科普　□商業‧投資
　　□社會‧文化　□親子‧學習　□生活‧休閒　□醫學‧養生
　　□文學‧小說　□歷史‧傳記

您對本書的意見？（A/滿意　B/尚可　C/須改進）
　　內容_____編輯_____校對_____翻譯_____
　　封面設計_____價格_____其他_____

您的建議：_____

※ 歡迎您隨時至本館網路書店發表書評及留下任何意見

⊕ 臺灣商務印書館　The Commercial Press, Ltd.

台北市106大安區新生南路三段19巷3號1樓　電話：(02)23683616
讀者服務專線：0800-056196　傳真：(02)23683626
郵撥：0000165-1號　E-mail：ecptw@cptw.com.tw
網路書店網址：www.cptw.com.tw　網路書店臉書：facebook.com.tw/ecptwdoing
臉書：facebook.com.tw/ecptw　部落格：blog.yam.com/ecptw